99のなみだ・結《ゆい》

涙がこころを癒す短篇小説集

リンダブックス

目次

99のなみだ・結

25分間のリペアマン

きっと会ってしまうんじゃないか、その小学校の校庭をみた瞬間から思った。

いや、本当はこの仕事が私のところにまわってきたときから、そんな予感がしていたのだ。

産休だという。三つ年下の川口の家ではもうすぐ子供が生まれることになっている。三人目の子供だ。そのうち二人は双子で、まだ二歳ときているものだから手がかかって、奥さんの代わりに家事や子育てを全部、引き受けなければならない。産休とは、今は本人が産まなくてもとれる時代だ。

いいよ、いいよ、子は宝だからな。手伝ってやれるときは思いきり手伝ってやれ。

そんなことを言って、簡単に川口の持ちまわりを半分引き受けた。もう半分は別の同僚が受け持つ。「今度は男の子だってな。最初の子たちが女の子だからそうとう嬉しい……」そこまでしゃべってそのまま途中になってしまった。私の目は川口から受け取ったリストの欄の、ある小学校のところでとまっている。

砂川小学校。もうずっと会っていない、私の息子が通う小学校だ。

私の職業は楽器リペアマンという。

全国にチェーンを持つ石川楽器のN市支店に勤務している。リペアマンとは楽器修理技師、要するに簡単にいうと楽器の修理屋だ。

普段はおもに高等学校などの吹奏楽部を中心に、いくつかの担当学校を一週間に一度のサイクルで訪問し、楽器のメンテナンスを行っていた。

それがまさかこんな形で、息子の通う小学校の担当になってしまうとは。いや、川口がずっとその小学校の担当なのは知っていたのだ。とくにわざわざ聞いたりはしなかったが、どこかで常に意識をしていた。「今日は砂川小から直帰します」なんて言葉を耳にしたりすると、ピクリと肩が動いた。だが、砂川小学校はとなりの市なのだし、私は高等学校担当だから関係ない、ずっとそう思っていたのだ。

小学校のグラウンドの横にある舗装された道をとおり、私は駐車場にワンボックスカーを停めた。エンジンを切ってカバンを手にとると、妙にドキドキしている自分がいる。

車を降りて裏手から校舎を見上げると、大きいなぁと、まず思った。

そういえば川口がもらしていたことがある。市内でもマンモス校だから楽器の数が半端じゃないんです。そのことがまず私をほっとさせた。

そうだよなぁ。ひと学年が百二十人だとしても、七百二十人は児童がいることになる。その中で将太、私の息子に偶然、会ってしまう確率はきわめて低いだろう。

そう思えば少し気が楽になって、私は道具を車から運びおろした。

なぁに、会うことはないさ。

何度も言いきかせながら、校舎へと入っていった。

そんな私の予想は、みごとに外れた。

砂川小学校を訪問し始めて三日目、昼休みのことだった。

楽器の音をだすのは授業の行われていない昼休みか放課後ときまっていたから、自分の担当している高校のこともあるため、小学校には主にこの時間におとずれていた。

床に布を敷いていくつかのクラリネットを置く。ほかにオーボエ、フルート。昨日まではトランペットやホルンを診たから、今日は木管楽器にしようと決めていた。

そしていちばん手前にあったフルートを手にしようとしたときだった。

廊下でわーっという声がした。

小さな子供たち特有の甲高い声。さっきまで音楽準備室のすぐ横の廊下で、何人かの男の子の声がしていたと思ったら、いきなりそんな騒ぎがきこえた。

あわてて準備室のドアを開けてでてみると、男の子がふたり、廊下でとっくみあいのケンカをしていた。いや、ケンカとはいえない。下になってほとんど泣きそうになっている子はいかにもか弱くて、殴りかえすこともできないでいる。反対に馬乗りになっている子の方はその子より体格がひとまわり大きく、誰がみても優勢だった。

「おい！　やめなさい」

近くに教師のすがたが見えなかったため、とりあえず止めにはいった。

ただのケンカならそうもしなかったが、明らかに下になっている子が一方的にやられているようにみえた。私がきたことでまわりで見ていた子たちの興奮した気配が、スッと冷めたように感じた。

「大丈夫か？」

下になっていた子に声をかけた。その子は起き上がるとなにも言わずに、パタパタと上履きを鳴らしていってしまった。

よけいなことをしたかな。五年生くらいだろうか。今までまわりにいた子もしらけたようにいなくなってしまった。しかたない。このくらいの子供の扱いはわからない。

そう思って準備室に戻ろうとしたとき、ひとりの少年の背中が目の前にあった。今さっき、馬乗りになっていた体格のいい方の子だ。

「おじさん、楽器の修理屋さん？」

振り返ると、その子は屈託なくそう声をかけてきた。

「あ、あぁ……」

不覚にも声が上ずってしまった。動揺したのだ。

直感的にすぐにわかった。この子は将太だ。

あんなに会わないようにと願っていた、いや、本当はひそかに会えないだろうかと期待していた、二歳のとき以来ずっと会っていなかった、私の息子なのだった。

「キミ、名前は？」

音楽準備室に招き入れると、まず、すぐに訊いた。

「将太。高梨将太っていいます」

ハキハキと答えるその様子を見て、やっぱり、と心のなかで思った。面立ち、体格、そしてなにより雰囲気が別れた直子にそっくりだった。二歳の頃の面影は、残っているといえば残っているし、ほとんどないようにも見える。だが、あの頃よりもより直子に似てきたのは確かだった。

「楽器、見てもいいですか？」楽器の修理屋なのかと訊いた直後、そう問われた。

あぁ、もちろん、どうぞ。断る理由はないのだと、自分に言いきかせて彼をなかに通した。

将太は床に座りこむと、クラリネットやオーボエをしばらくながめていた。そしてそれには触らずに私のほうを見て「トランペットは？　ないんですか？」と、問いかけた。

「あるよ。今日は木管楽器の点検をしようと思ったからね。金管楽器は昨日、済ませたばっかりだ」そう言って鍵のかかった棚を開けると、トランペットをだしてみせた。

ほう、と将太は息をつく。

憧れのものを前にしたような顔になる。

「トランペットが吹きたいのか？」訊いてみると、うんとも、ううんとも取れるうなずきかたをした。

「……音が、でないんだ」少し悔しそうにそうも付け足した。

音楽の授業で、このあいだ初めてトランペットを手にしたのだという。ここに広げてあるようなたくさんの楽器を前にして、先生が「好きな楽器」を選ぶようにと、クラスの生徒たちに言った。子供たちはそれぞれ好きな楽器のまわりに集まった。トランペットがいちばん人気が高かったそうだ。

「秋に市の文化祭があって、そこで高学年が楽器を演奏するんだ」

それなら承知していた。そもそも今回のメンテナンスは、その文化祭に向けて本格的な練習が始まる前に、楽器の調整をしておくという依頼だった。ここの市の小学校は楽器演奏を音楽の授業の一環として取りいれていて、五年生は初めて本物の大がかりな楽器に触れることになっている。

「ふーん、じゃあ、キミはトランペットが吹けるようになりたいんだな?」

「うん……でも、希望したらみんなが吹けるわけじゃないんだよ。テストがある」

オーディション制ってわけか。トランペットなら競争率が高いだろうな、と想像した。

さっきのケンカはそれが原因らしい。授業ではマウスピースを吹くところまで行う。けれどどうやら将太はまったく音がだせず——マウスピースは簡単には鳴らせるものではない。

「そしたらアイツが得意げに吹くからさ。音楽教室で習ってるんだ……おじさん、不利だと思わない?」

おじさん、か。聞かれた内容より、そちらに反応してしまった。なんとも複雑な気分になる。

将太は当然なのだが、私が誰なのかまったく気づいていない。二歳の頃の記憶なんて残っていないのだから、それは自然なことだろう。

直子と離婚したとき約束した。息子の親権は彼女にゆずり、将太とは金輪際、二度と会わない。彼の将来を考えてのことだ。私もそれがいいのだと、納得して別れた。

だからそれ以来、本当に将太には会わなかったのだ。

「あのさ……おじさん。明日もまたきていい？」「えっ……」私はおどろいて将太を見た。

「昼休みにいつもいるんでしょ？　だったらそのときだけ……それで、できたら教えてほしいんだ。トランペットの吹きかた……」

どうしてもオーディションに受かって、文化祭でトランペットを吹きたいのだと、熱っぽい目でそう言われた。

息子に、そんなことを懇願されたら断れると思うか？

だから私は引き受けた。あと約一週間、ここにいる間。昼休みの二十五分間だけ将太の専属コーチになろうと。


ぶぅーっという息が抜けるような音が、それから毎日、昼休みの音楽準備室に響いた。

トランペットを教えてやると約束した次の日から、将太は給食が終わるとすぐにここにきている。マウスピースを貸してやって、息を吹きこむ姿を見ていたら、これは確かに手ごわいなと思った。

「違う違う、やみくもに吹いてても音はでない」

口で伝えるのは難しい。私は根気よくなんども教えてやった。

「はぁーっ、休憩……」

将太は真っ赤な顔をしながら、ごろんと床に横になった。

大きくなったな。心のなかでそんなことを思う。

私の知っている将太はほとんど赤ん坊で、オムツを替えるときなんてよく足をジタバタ動かしていた。生まれたときから体重が四千グラム近くあり、大きな赤ちゃんだと言われたもんだ。たまに、本当にたまにオムツの交換をしているとき、こいつは逞しくなるなと嬉しく思った。

といっても仕事が忙しかった私はほとんど家にいなく、育児は直子にまかせっきりだった。今さら誰にいいわけするのでもないが、その頃はリペアマンの仕事を覚えるので必死だったのだ。修業期間といわれるその時期はあっちにもこっちにもと飛び回って、家に帰るとくたくただった。楽器の修理というものは繊細で技術のいる仕事でもあったから、どこか神経がぴりぴりしていた。

だから気づいてやれなかった。ひとりで育児をしていた直子のストレスや寂しさを。直子は私が家を空けている間に実家に帰り、もう戻ってくることはなかった。そして息子とは二度と会わない、そう、承諾した。

「よし、もう一回、やってみるね」

真っ赤な顔をしながら目の前で頬をふくらましている将太にこうして会っていることに、罪悪感がないわけではない。故意ではないとしても、毎日、息子に会っている。

昨年、久しぶりに直子に会った。大事なはなしがあると言ってきた。別れた妻に会うのは七年ぶりのことだ。お互いに老けたな、そんな冗談も言いあうことができた。

再婚するのだという。いちおう報告しておこうと思って……将太には新しいパパができる。あの人も将太のパパになろうと必死だから、これまでどおり将太には会わないでほしい。そういう内容だった。

それなのに、私はこうして今、将太にトランペットの吹き方を教えてやっている。

将太はまさか目の前にいるのが本当の父親だとも知らずに、屈託なく話しかけてくる。私はとても、虫のいいことを考えた。名乗らなければ問題ない。彼は切実にトランペットの教えを請う人間を必要としているのだし、私は楽器修理にきているただのリペアマンであって、たまたまひとりの知りあった少年に、楽器を教えてやっているだけ。それでいいじゃないか。


そうはいっても、私は毎日、昼休みがくるのを心待ちにしていた。

四時間目あたりに小学校へと入り、給食開始の音楽、そして昼休みを知らせるチャイムが鳴るのを今か今かと音楽準備室で待った。

「おじさん！　今日もお願いします」

元気に準備室のドアを開ける将太をみると、顔がほころんだ。

そうして将太と毎日触れあっているうちに、いろいろなことがわかってきた。

将太は市の野球チームに所属しているらしく、ピッチャーで四番だという。

「すごいな。かっこいいじゃないか」そう褒めると少しだけ照れた顔をして、「でも、上には上がいるんだよ。県の大会までいくと、俺より速い球を投げるやつがゴロゴロしてる」。

いや、県大会までいけるチームのピッチャーで四番なら、相当すごい。まるで親バカのようにそんなことを思ってしまう。

さらに好きな科目は算数と理科と体育なのだそうだ。学年でほとんどトップなのだという。将来は科学者になりたいというのだから驚いた。スポーツの道と科学者の道とで、いずれ迷う時期がきそうだ。音楽だけが苦手というから、これだけは少し寂しいかもしれない。

いつのまにこんなに大きくなったのだろう。まぶしい想いで目の前の息子を見つめる。こんな息子に育ててくれた直子に、感謝しなければいけない。

そんなことを思っていると、ぽつりと将太がもらした。

「……おじさんみたいに、なんでもお父さんに話せればいいのに」

えっ。私は動揺した。どういうことだ。新しい父親とはうまくいっていないのだろうか。

「なぜ、そう思うんだい？」

「今のお父さんはお父さんだけど……本当のお父さんじゃないからだよ」

そのお父さんはお母さんの再婚相手で、昨年から一緒に住み始めた、そんな経緯を説明する将太を私はぼんやりとながめた。小さいころ離婚したことを、直子はどう将太に伝えたのかわからない。ましてや本当の父親の存在に、どんなふうに折り合いをつけさせたのかも知らない。

「……どうしてかわからないけど、お父さんとうまく話せないんだよね」

将太は急に視線を落とす。

「その……新しいお父さんは怖い人なのか？」

「ううん、全然……それどころか優しすぎる」

「じゃあ、一緒に遊んでくれないとか？　あまりキミにかまってくれないとかなのか？」

見たこともない再婚相手に、一瞬、憎しみを感じる。将太にこんな寂しい顔をさせるなんて、場合によってはただじゃおかない。

「……そうじゃないんだ。お父さんはしつこいくらい、いろいろ話しかけてくる。あれやろうとか、休日にはどこ行こうとか」

なんだ。いいやつなんじゃないか。

「このあいだなんかキャッチボールしようって言うから、一緒にやったんだ。そしたら俺の投げる球、全然、捕れなくてさ……すげぇ、だらしないの」

「……」

「けど、それでもあきらめなくて、何度も、さぁ、投げて！　とか言っちゃってさ。最後は顔面でキャッチしちゃって……青あざつくった顔で一週間、会社に行ってたんだ」

だんだん、その男が気の毒になってきた。

ようするに、将太の父親になろうと必死なわけだ。だが、どうにも空回りでうまくいかない。将太は小学五年生という難しい年ごろだし、こうやってみるとかなり生意気な子供だ。

私は腕組みをした。「……そうだな」と、もっともらしく考えるフリをした。

実は不思議な感情が芽生えている。自分は今、その再婚相手に勝ったと思っている。こうして将太は私には何でも話せると言っている。

つい、このあいだ会ったばかりの楽器の修理屋に、将太はすっかり心を許しているではないか。一年かけてなんとか将太の心をつかもうとしている必死な男より、たった数日、数分会うだけの男にだ。

やっぱり親子なんだろうなと、つい表情がゆるんだ。そんな悩みを聞いているのに、嬉しくてにやけてしまうのを隠そうと必死になった。そうか、親子か。そうか――。

そう思った瞬間、次の言葉に私はあっけなく打ちのめされた。

「本当はさ……うまくやりたいんだ。ちゃんとお父さんって思いたい。俺、ずっと……お父さんいなかったからさ」

息が止まりそうになる。

「このあいだ、言ったんだ。お父さん。秋の文化祭で初めて楽器をやるって言ったら、将太くんのトランペットを吹く姿を見てみたいって。やっぱりトランペットは花形だよねって」

勉強も運動もいつも褒めてくれるから、まさか音楽が苦手だとは言いだせなくて。

がっかりさせたくないんだ……将太はそう言って肩を落とした。

そうか。そうだったのか。

将太にそんな顔をさせているのは私だ。ずっと父親がいないという寂しい思いをさせてきたから、今、新しい父親の登場にどうしたらいいのかわからないのだ。

ごめん。将太、ごめんな。

トランペットを吹けるようになりたいのは、新しい父親のためだ。将太はきっと歩みよる方法を知らないんだ。ずっと父親が不在だったから、大人の男と接するのに慣れていない。よく考えてみろ。将太はあれこれ文句をいいながらも、その男のことばかり口にしている。きっと将太は将太なりに、息子になろうと必死なんだ。

私は決心した。

「わかった。じゃあキミは、トランペットを吹けるように頑張ろう。そしてお父さんに見せてあげよう。僕はあと数日間ここにいるから、それまでに絶対に吹けるようにさせてやる。約束だ」そう力強く言うと、「本当?」と、勝気な瞳が輝いた。

「あぁ、約束だ」何がなんでも叶えてやる。まるで片思いの相手の恋のキューピットをしているようだけれど、これが私にできる最初で最後の父親らしいことだ。


それからの残りの数日間は、本腰を入れての練習となった。

ぶぅー、ぶぅーという息が抜ける音が昼休みの準備室に響く。

将太のすごいと思ったところは、決してあきらめないところだ。たとえ難しくても何度も挑戦する、粘りがある。たぶんこれが——勉強で一番になれるのとピッチャーとしても優秀だということ、努力をしてきたということだ。こんな息子に育って誇りに思う。直子に感謝しなければと、何度も思う。

「よし、休憩しようか」

私が声をかけると、将太は大きく息をついて膝を投げだした。きっとあと少し、もうちょっとで音がでるようになる。そう思っていると、将太が何気なく言った。

「おじさんって、子供いないの?」

ふいをつかれて、息が止まりそうになった。

「……いや、いるよ」短く答えたら「へぇ、何歳？」と聞いてくる。

「……将太くんと、同じなんだ」そう答えると、パッと顔を輝かせた。

「そうなの!?　男？　女？」私はしばらく間をおいて答える。

「……女の子だよ」「ふーん、女かぁ」将太は少しだけがっかりしたようにそう言った。

違うんだ。本当は男の子で、勉強ができてスポーツができて、少し不器用だけど新しいお父さんとうまくやっていこうと考える、優しい子なんだ。

そんなことはつい最近まで知らなかったけど、知らんぷりしていたわけじゃない。本当は考えないようにしていた。直子と別れたあとは、辛かった。いなくなってからどんなに家族が大切だったか思い知らされた。キミの成長が気になった。どんな顔をしてどんな声で話して、年が近い子供を見るたび、こんな風なのかと想像した。

そのせいか、今日まで私は新しい家族をつくっていない。

だから砂川小学校の話題が会社で上るたび、びくっとなった。ましてやここを担当すると決まったとき、本当は浮き足たっていたんだ。

ずっと、会いたかった。

ずっとずっと、キミに会いたかったんだ。

私はしばらく顔を上げられなかった。もし今、顔を上げたら、キミのお父さんは私なのだと言ってしまいそうだから。だから――。話題をかえた。

「そういえば、前にケンカした子に謝ったのか？」「え……謝ってない」「なんでだ」「だって俺のこと馬鹿にしたのはあいつの方だし……」

あのなぁ――。私は将太にさとした。どうみてもキミの方がからだも大きいし、最初から勝ち目なんてみえていただろ？　いくらなんでもあれはないと思うぞ。「そうかな……」いいか、ケンカっていうものは五分五分どうしがやるもんだ。

それからお父さんとのキャッチボールも、お父さんにあわせて手加減したほうがいい。

「ええー!?」不満そうにいう将太になおもさとす。あのな、キャッチボールっていうものは相手とのコミュニケーションだ。ちゃんと相手の捕りやすい球を投げないと。キミの球は打ちにくいんだろ？　だったら余計だ。キャッチボールは相手がいるんだから、そこをきちんと考えろ。

そんなふうに、私は将太に教えられることはとにかく教えた。

トランペットの吹きかた、相手との距離のつめかた、新しい父親とのコミュニケーションのしかた、ありとあらゆる教えられるすべてを。二十五分間のなかで父親として。

そしていよいよ最終日。

あと五分で昼休みの終わりがやってこようとしているとき、とうとう将太が音を鳴らした。

プーッ！　と盛大に。

「鳴った！　おじさん、音が鳴ったよ！」

「あぁ、鳴ったな！　よく頑張ったな！」

私は将太の頭をぐりぐりと思いきり撫でた。自分のことのように胸が熱くなった。

一度吹けるようになると、もういつ鳴らしてもマウスピースは軽快な音をたてるようになった。

「これでオーディションに参加できるよ。俺、絶対、トランペットを勝ちとってみせるから」

「あぁ、キミならできる。根性があるからな」

誇らしいよ。さすが、私の息子だ。

「それでお父さんに、秋の文化祭で演奏を聴かせてあげるんだ。そうすればキミはもう、音楽が苦手だとは思わない。これからだってきっとだいじょうぶだ」

背中を押してやるつもりでそう言った。

「おじさん……本当にありがとう。おじさんのおかげだよ」「いや、キミの頑張りだよ」

すると将太は珍しく、おずおずと私を見上げる。

「あのさ……おじさんも秋の文化祭、見にきてくれないかな。市のホールでやるから、今度はマウスピースじゃなくて本物のトランペットで演奏するのを、聴いてほしいんだ」

胸をつかれた。何かが奥から込みあげてきて、思わず将太を見つめる。

「おじさんとは今日でお別れでしょ？　それともまた学校に楽器の修理できたりする？」

いや――。次の持ちまわりのときは、川口はきっと産休から復帰しているだろう。

私がここにくるのは、今日でもう最後だ。

そのまま壁の時計を見上げると、時刻は間もなく一時半になろうとしていた。

あと二分――。もうすぐ昼休みを終えるチャイムが鳴る。

将太が秋の文化祭で、誇らしくトランペットを吹く姿が脳裏に浮かんだ。見たい。この目で。

私が教えてやったトランペットを、息子が吹く姿を――。

私はうつむくとしばらく黙った。将太が返事を待つようにこちらを見つめているのを感じる。

私は唇を噛むと、堪《こら》えるように次の瞬間、笑顔をつくった。

「ありがとう……けど、ごめんな。その日はあいにく娘と約束があってな」

「そうなの？」

「あぁ……でもその分、キミはご両親に……お父さんに最高の演奏を聴かせてあげないと」

「うん。そうだね」

そうだねって言った瞬間、将太はとてもいい笑顔になった。

「俺、やっとお父さんと仲良くできる気がする」「……そうか。よかったな」

「うん。全部、おじさんのおかげだよ。ありがとう」

私の方こそ、ありがとう……。

「お父さんのこともだけど、お母さんのことも大切にするんだぞ」「わかった。約束する」

将太はそこで、勢いよく私とハイタッチを交わした。

これでいい。私は楽器リペアマン。将太の記憶に刻まれるかはわからないけど、彼の役に少しでもたったのなら、それでいい。

そこで昼休みの終わりを告げるチャイムが鳴った。

「じゃあ、行くね」

将太は出口までいくと、笑顔でこちらに手を振った。そしてゆっくりとドアが閉じられる。

パタパタという上履きの音が遠ざかっていく。その音が聞こえなくなっても、私はしばらくそのドアを見つめていた。

気がついたら、授業開始のチャイムが鳴っていた。私はようやく顔を前に戻す。

すると目の前の布の上に、コロンとマウスピースが転がっていた。

私はそれを手に取ると、丁寧に磨いていった。将太が使ったマウスピース。

どうかこれで、オーディションが受かりますように。新しい父親とうまくいきますように。

将太がこれからも、幸せでありますように。

少しは役にたったのだろうか。十年間、なんにもしてやれなかったけれど、二十五分間、父親としての役割を果たせたのだろうか。

磨いてピカピカになったマウスピースをかかげて見つめていると、さっきまでこれを吹いていた将太の顔が浮かんだ。悩みを打ちあけてくれたときの寂しい顔。やっと吹くことができた瞬間の、嬉しそうな笑顔。

くっ……と、声が漏れる。何かが込み上げてきて、それが嗚咽となり慌てて口元を覆う。

もしかしたら将太のためというより、自分のための二十五分間だったのかもしれない。まるで奇跡みたいな、息子と父親のかけがえのない時間をもらったのかもしれない。

気がついたら、私の頬に熱いものが幾筋もつたっていた。

私はそれを拭うと、マウスピースを口に含み、小さくプーッと音を鳴らした。

結衣の誕生日

自動改札にパスケースを叩きつけると、結衣《ゆい》は電車めがけてホームを一気に走った。ピンヒールは十センチ、これを履いて前重心で走ることにはもう慣れっこだ。キャリーバッグのキャスターが立てる派手な音に振り返ると、誰もがさっと道を開けてくれる。なにしろ腰まである髪はマットなグリーン、タイトな黒いレザーミニスカートに黒のレギンス、ライダーズジャケットも黒。全身黒ずくめのパンクな女が血相を変えて走ってくるのである。

「ちょっ……ストップ、ストップ！」

ドアを閉めようとした女性乗務員に向かって叫ぶと、結衣はその先の車両に飛び込んだ。乗客が目をそらす。でも、この反応にも慣れた。

（ふう、間に合った。これで下北に三時前には――）

ドクロのジェルネイルが並んだ指でつり革をつかむ。見下ろすと目の前のシルバーシートには冬だというのに日に焼けた金髪のチャラ男が座っていた。大きな指輪をつけた手は、隣に座る若い女の子の肩を抱いている。女の子とのおしゃべりに夢中で、靴の先が結衣のキャリーバッグに当たっていることにそいつは気づいていない。二人の言葉は知らない国の言葉だ。

ドアが閉まった瞬間、女性の硬い声で車内アナウンスが流れた。

『――ドアが閉まりかけてからの駆け込み乗車は大変危険で、他のお客様のご迷惑になります。絶対にお止め下さい。絶対に』

乗客の視線を背中に感じる。学級委員みたいに真面目そうな顔をした女性乗務員を思いだして結衣は小さく舌打ちをした。

（――そこまで『絶対』を強調することないだろうが）

チャラ男が結衣を見上げ、慌てて足を引っ込める。結衣の舌打ちを勘違いしたらしい。

眉上一センチで横一直線に切りそろえた前髪、黒で囲んだアイライン、真っ赤なリップ。わずかに目を細めただけで、本人の意思とは無関係に結衣の表情は攻撃的に見える。

「は？　まだ何か文句ある？」

男は彼女の手前、ポケットに手を突っ込み、虚勢を張って立ち上がってみせた。だが、立ってみると十センチのピンヒールのおかげで結衣より背が低いのが残念だった。大きく開いたカットソーの胸元に見えるバラのボディーアートを見て一瞬どぎまぎした顔が可笑しい。

「どうもご親切にありがとうございます」

男の立った席に、品の良い老婦人がすまし顔で座る。絶妙の間だった。

「え」

行き場を失った男は結衣の隣に立つしかなくなった。老婦人が結衣を見上げて微笑むと、結衣も口の端で微笑みを返す。よく見れば彼女は杖を握っている。それなのに――。
(アホ)
結衣は心の中で男を笑った。お年寄りだろうが身体が不自由な人が乗って来ようが気づいていても席を譲らない奴が増えた。結衣の右腕には会社員が背負っている大きなリュックが人の迷惑も顧みず押しつけられている。そしてどこかでイヤフォンの音モレだ。床やシートに空き缶が転がっていることすらもう珍しいことじゃない。

(全くこいつらときたら……)

結衣は山形県の酒田出身で、上京して四年。でも、いまだに都会になじめない。それは、温かい故郷の人々と違って誰もが身勝手で他人の痛みに鈍感だからかもしれない。結衣は本質は真面目で古風だ。もっともこの見た目のせいでそんな人間だとは誰も思わないのだが――。

和田彩夏と杉山ひなたの三人で個人ブランドを立ち上げたのは半年前のこと。二人は渋谷にある服飾専門学校の親友だ。結衣は学校を卒業して大手のアパレルに就職をしたが、たいしたことのないデザインの型紙ばかりを切らされる日々にうんざりしてすぐに辞めた。才能もないのに男の上司に媚びばかり売る白金育ちの同僚とも気が合わなかった。

二人の友人も似たりよったりの理由で会社を辞めたらしい。共同で借りた事務所は駅こそ池尻大橋だが、目黒川を見下ろす古いアパートの一室。でも、サンプルや手作りのタグを作る毎日は、大変でもあったが夢があった。

彩夏は学生の頃からアパレル会社のデザイン公募で賞金を稼ぎまくり、結衣もいくつかの賞をとった。それが個人ブランドを立ち上げようという自信のもとになっていたのだが……。最初に自分たちのやりたいブランドの方向の話を居酒屋でした時、結衣のデザイン画を見た彩夏は、「マジ？」と大声で叫んで、ハイボールにむせた。

「これはないっしょ」指先でつまんだデザイン画をひらひらさせて笑う。

「……だよね。やっぱ駄目かな」梅酒を飲むふりをして結衣が目をそらすと、

「今どきこんなの誰も着ないって」彩夏はそう言い捨てて、デザイン画をぽいと放った。

（――だよね）

だよね、は結衣の口癖だ。いつでも人に合わせ、一歩引いてしまう。自分を押し通すことができないことには理由がある――。彩夏は口は悪いけど悪意はない。もう次のデザイン画を熱心に見つめている。枝豆の上に落ちた結衣のデザイン画を拾ってくれたのはひなただ。

「ひなちゃんは、どう思う？」結衣はそっと聞いてみる。

「うん……私はどっちでも」小さな声で言ってウーロン茶をごくりと一口飲む。

ひなたは無口で黙々と仕事をするパタンナータイプ。答えも予想通り——。

結局、二人より一つ年上の彩夏のアイディアで今のブランドができた。黒のライダーズジャケットが売りのブランド名は『chat noir』。シャ・ノワールはフランス語で黒猫。結衣が苦手な動物の名だ。実は彩夏の新しい彼氏がバイク乗りで、それに影響されていたに過ぎないことを知ったのはだいぶ後のことだったが。

こうして試作品を詰めたキャリーバッグを転がして猛暑の中を歩き回る日々が始まった。デザインは彩夏が担当して、ひなたは黙々と型紙を切り、縫製もする。結衣の仕事は、自分たちのブランドを駅ビルのショップや雑貨屋のオーナーと会って、面貸し、つまり売り場の一角を借りて置かせてもらうための営業。だから chat noir を置いてくれる店がぽつぽつ増え、注文も入るようになってきたのは、自分が走り回ったおかげだと思っている。

でもその反面、これでいいのだろうかという思いが自分の中で日々ふくらむのを抑えることができない。結衣はいつか自分で作るのならこれという、密かなこだわりを持っていた。

つり革を両手で握って結衣は窓の外を見つめた。隣のチャラ男はあいかわらずどこかの国の言葉で女の子とおしゃべりに忙しい。渋谷行の急行は三鷹台の駅を過ぎた。行き先は下北沢にある若者に人気の雑貨屋。これから向かう三時の約束は、chat noir の営業ではない。

二人には内緒だったが、実はこのキャリーバッグの中には自分でデザインして作った服も入っている。仕事が終わって阿佐ヶ谷のアパートに帰ったあと、寝る時間も惜しんでコツコツと縫った服――。仲間を裏切るようで後ろめたい気持ちもあったが、自分を試したい気持ちには勝てない。結衣は、何度も苦しんで作った一枚をキャリーバッグにしのばせた。そして自分の服に合った店を見つけると、立ち寄って自分のための営業も同時にやってきたのだった。

(chat noir はもうすぐ軌道に乗る。そしたら自分は――)

下北沢まであと十分。約束の時間に間に合わず何度も失敗したことから、時間ぎりぎりになることのないように最近では時間には余裕を見ている。だが、さっきは吉祥寺の雑貨屋から戻る途中で元の同僚とばったり会ってしまい、立ち話で時間をロスしてしまった。ようやくショップの店長とアポを取りつけたのに約束に遅れては元も子もない。忙しい人で、時間厳守が条件だったから、同僚と別れたあと電車までダッシュする羽目になったのだ。

ふと気づくと、結衣の背中に誰かがもたれている。さっきから何度も背で押し返していたのだが、効果がない。肩ごしに見るといかにも遊び人風のギャルだった。

(ああ、ウザい。自分はあんたの背もたれじゃないし)

もう一度押し返そうとしたその時――急ブレーキがかかり、電車が長い距離を走ってゆっくりと停止した。車内がしんとなる。女性車掌のアナウンスがあったのはだいぶあとのことだ。

『お急ぎのところご迷惑をおかけしております。只今入りました連絡によりますと、この先の駅構内で人身事故が発生した模様です』

(マジ……?)

原稿を読むみたいに事務的なその声を聞いて、結衣は腹立たしくなってきた。あちこちで溜息や舌打ちが聞こえ、混んだ車内は次第にぎすぎすしたムードに包まれる。

目の前の老婦人は不安そうな顔で結衣を見上げた。結衣は焦って時計を見る。無理をしてアポを取ったのだ。相手に会えなければ今日の約束は白紙に戻ってしまう。

「嘘、飛び込みだって」

近くの女子高校生が叫んだ。この先の駅にいる仲間から携帯に連絡が入ったらしい。何かの運動部なのだろう、スポーツバッグを持った彼女たちは練習に間に合わないと騒ぎ出した。

「……ったく、やるなら他でやってくれよ」

誰かが携帯に向かってつぶやいた言葉に結衣は慌てた。それは自分の中にも一瞬芽生えた冷たい都会の声でもあったからだ。

(――でも)

結衣はつり革を両手で握りしめ、祈るように指を噛んだ。この電車には自分の未来も乗っている。

（今日だめだったら、もう諦めよう）
結衣が作った服は、どこの店へ持って行っても置いてはもらえなかった。
だから、自分にとってこれが最後のチャレンジ、と決めていたのだった。それなのに——。
結衣は携帯を出して、これから向かうショップの店長の携帯番号を指先でタッチした。だが、
電源が入っていないというメッセージが流れるばかりで留守電にすらならない。
（……なんてツイてないんだろうか）
今向かっている店には、先週も自分の服を持ちこんだ。店長は留守で、応対をした店員の
女は結衣の着ている服を無遠慮に上から下まで眺め、
「うちの店とは方向性違いますよね、きっと」そう言って微笑み、首をかしげてみせた。
結局試作品は見てもらえず、忙しいからと店先で追い払われた。でも諦めきれず、結衣は
同じ学校出身でスタイリストをしている安田先輩に頼んで店長の携帯を教えてもらい、店長と
直接アポを取ったのだった。そうまでしたのはこの店にやってくる客の好みが自分の目指して
いる方向性に近い、と踏んだからだ。あの女店員とは話したくなかったが仕方がない。結衣は、
遅れることを店に電話をして伝えることにした。
「あの……先週お店にお邪魔した伊藤ですけど。えと、黒のライダーズを着て……」
服で結衣を思い出したのだろう。電話に出た女店員の声は急に冷たくなった。さらに、彼

女をとばして店長とアポをとったいきさつをたどたどしく言い訳すると、長い沈黙のあと、

『はい、わかりました。店長に伝えておけばいいんですね？　約束を守れそうにないってこと』

意地悪く笑って電話を切られた。バツの悪さは半端ない。

「……大変ね、お仕事でしょう？」

話す声は丸聞こえだ。電話を切ると、老婦人が優しく声をかけてくれた。「ええ、まあ……」曖昧に笑うと結衣は途方に暮れ、しゃがみたくなってきた。だが、結衣がしゃがむより先にずるずると床にしゃがみこんだのは、背中にもたれていたギャルだった。

「え……どうしたの？」

声をかけてみると、彼女はお腹を押さえて苦しんでいる。その額には脂汗が浮いていた。

「どうぞ座って、あなた」

老婦人が席を立つと、二人で娘の身体を抱くようにしてシートに座らせた。

「お腹が痛いの？　貧血？　それとも――」

結衣が顔を寄せて聞くと、娘は首を横に振り、小さな声で「赤ちゃん」と言った。

「う……産まれちゃうかも」

「は？」

結衣は老婦人と顔を見合わせた。若い娘は長いコートを着ているから気づかなかったが、言

われてみれば確かにお腹が膨らんでいるようにも見える。結衣は動転して言葉を失った。

「その子、産むわけ？　ここで？」

口をぱくぱくさせて叫んだチャラ男を乱暴に押しのけると、結衣は人をかきわけて連結器の近くまで行き、壁にある非常通報器のボタンを押した。

『――はい、どうしました？』

スピーカーから聞こえてきたのは、あの学級委員の声だ。

「急いで救急車を呼んでくれる？　赤ちゃんが産まれそうなの！」

『……え？』

「え、じゃなくて！　早く呼んでよ、救急車！　産まれそうなんだってば！」

結衣が戻ると、女性客が娘の周りに集まっている。老婦人は娘の手をさすって、大丈夫よ、と励ましているが、娘は苦しそうに喘ぎ、明らかに事態が切迫してきているのがわかる。

「男はそっちへ移動して！　こら、写メすんな、バカ！」

結衣が怒鳴ると、男の乗客と女の乗客が場所を入れ替わる。間もなく車内放送があった。

『ただ今、七号車で急病人が発生しました。車内のお客様でお医者様、看護師の方がいらっしゃいましたらご協力お願いします。それから、助産師の方がいらっしゃいましたら――』

助産師、と聞いて車内にどよめきが起きた。

「大丈夫。こんな時、ドラマや映画だと必ずお医者さんが乗ってるから」

そう言って結衣は彼女を励ました。だが、いっこうに医者が来る気配もサイレンが聞こえてくることもない。そのまま十五分以上が過ぎ、娘の苦しがり方が尋常でなくなった。

（ああ、もう！　なんでこんなことに……）

「だんなさんは？　電話してあげようか？」

だが、結衣の言葉に、娘はぎゅっと唇をかみしめて首を横に振るだけだった。そして呻き声は苦痛の声に変わった。陣痛が始まったのだ。

その時、一人の女性が人をかきわけてやってきた。派手な服に身を包んだ一目で水商売とわかる東南アジアの若い女性だった。苦しがる娘を一目見て彼女は何か言ったが、日本語は片言で要領を得ない。英語で誰かが話かけるが首を振るばかり。その時、チャラ男の連れの女の子が彼女と何か話し始めた。どうやら二人は同じ国の人らしい。彼女は何かを訴えるように結衣を見上げ、手振りで何かを伝えようとした。

（そうか――）結衣は人をかきわけてチャラ男を見つけ出すと、シャツの首を引っ張った。

「な、何すんだ、お前！　苦しい！　離せっての！」

「ちょっと来て！　通訳、通訳！」

結衣が男を連れて戻ると、苦しむ娘を一目見て顔をそむけた。

「お、俺って、血とか見れない人なんですけど」

「バカ！　見るな！　あっち向いて通訳しろ」

東南アジアの女性はタイの人で、チェンマイの産院にいた看護師だったことがチャラ男の通訳でわかった。腕まくりをすると彼女は娘の足の間に身体を入れ、何かを言った。

「……えと、し、子宮の入り口？　が開いてるので、もう産まれると言ってる」

そう言ってから、マジか、と呻いて首を振り、チャラ男は再び女性の言葉を訳した。

「シートの上じゃなくて、下に何か敷いて寝かせた方がいいって」

女性客が人垣を作る。自分のコートをさらに娘の下に敷いてやる人もいた。こういう時、女の結束は自然と生まれるものだということを結衣は知った。

結衣は、あの大きなリュックを背負った会社員のところに行き、それを引きずり下ろした。

「ごめん、借りる」それを持って戻ると、娘の腰のあたりのクッションにした。

「それから……タオルとか集めてくれって。できるだけたくさん」チャラ男が言った。

「すいません、タオル、持ってる人、お願いします！」

結衣が大きな声で叫ぶと、運動部の女子高生たちが使っていないタオルを持ってきてくれた。

再び通報装置のところへ行くと、結衣は乱暴にボタンを押した。

『――はい、どうされました？』スピーカーから冷静な声がする。

「ちょっと、いつになったら救急車来るの？　ちゃんと呼んだの？」

『はい、先ほど連絡しております。現在この先の駅でも救助が続いており――』

教科書を読むみたいな口調に結衣のイライラが爆発した。

「ふざけんなよ！　生まれちゃうじゃんか！」

結衣が叫ぶと、少し間を置いてヒステリックなキンキン声がスピーカーから響いた。

『うるさい黙れ！　こっちだって……こっちだって大変なんだからねっ！』

（な、なんだこいつ――客に向かって……うるさい黙れ？）

結衣は舌打ちをしてまた娘のところへ戻った。

「電車がホームに着いたら、あいつ許さん！」

娘のまわりは緊迫感が増していた。チャラ男は顔面蒼白だ。

看護師の女性の言葉で、結衣は彼女の後ろにまわり、自分の腕をつかませる。こうすると体勢が安定するらしい。近くにいたＯＬも身体を支え、手を握らせた。看護師が何か言った。

「なんて言ってるの？」

「あまりいきまないように……大きくゆっくり息を吸って、吐いて……」

チャラ男は看護師の言葉を通訳するが、その言葉は娘の苦しむ声でかき消された。

「お、俺さ、ずっとここにいないと駄目？」

「当たり前でしょ、しっかりしろ！」

結衣はチャラ男を叱り飛ばした。彼にとっても災難な日に違いないのだが。

携帯が振動したが、結衣はもう出なかった。約束の時間などとうに過ぎている。自分の最後の挑戦は終わった。そもそも自分に個人ブランドなんてできるはずもなかったのだ。

（――だよね）

娘の苦しむ声を聞きながら、結衣は唇を噛んで目を閉じた。

山形に住む母親から電話があったのはつい先週のことだ。それは結衣に、母の知り合いの経営する地元の洋品店で働かないかという話だった。でも本当は、軽い脳梗塞を起こした祖母の介護を結衣にも手伝って欲しい、というのが理由なのはわかっている。祖母は鶴岡に住み、結衣が教えたメールでよく連絡を取り合う。結衣はおばあちゃん子だった。

「お母さん、もう少し考えさせて」そう言って結衣は電話を切った。

結衣が人に合わせるようになったのは、酒田で過ごした少女時代のことだ。

両親が共稼ぎで、結衣は学校が終わると校舎の隅にある学童の子供たちの部屋で育った。ひとたび仲間はずれにされたら――それは恐怖に近い感情だった。そのおかげでいつしか、結衣の口癖は、だよね、になった。何を言われても、軽く、だよねで合わせる。

「着る服は全部うちらのブランドでキメてよ。結衣自身が広告なんだから」

「……だよね。そうだよね」

「髪も服に合うようにブリーチしたあとカラーして、メークも変えて」

結衣はもともと服もメークもお嬢様キャラだった。彩夏に言われるまま営業用に自分の姿を変えたのは、彼女ほどの実行力はないからだ。一人でやってゆけるほどの強さなどない。

「すごっ！　完璧じゃん！」

鏡の前ですっかり変身した結衣を見て、ひなたも彩夏と一緒に手を叩いて喜んだ。

髪やバラのボディーアート、ネールにかかるお金はバカにならない。その分、下着はタイムセールで三枚五百円、近くの商店街のパン屋で三日に一度出るパンの耳を袋一杯三十円で買った。たまに行くスーパー銭湯が、唯一憩いの場――。

そんな結衣を見かけ、さっき吉祥寺で会った元の同僚は驚いて声をあげた。

「伊藤さん！　伊藤さんでしょ？　どうしたの？　その格好！」

男の上司に媚びてばかりで大して才能もなかった同僚は、今ではデザインを任されているのだと自慢気に胸を張った。そして上から下まで結衣を眺めまわして彼女は笑った。

「個人ブランド始めたんだって？　すごいよね、伊藤さん。でも、どうしたの？　マジで」

（私、こんな恰好で何をしているんだろう――）

そう思いながらも、結衣は曖昧に笑ってみせるしかなかった。

「い、痛い！　痛いっ！」

娘の叫び声で結衣は我にかえった。

食いしばった歯の間から声を絞り出し、娘は結衣の腕を握る。爪が腕に食い込んだ。

「私、赤ちゃんのこと、誰にも言ってないの……言ったらおろせって言われるから……でも」

「わかったから、しゃべらないで」結衣は娘の手を叩いてそう言った。

「がんばれ！　この人、もう少しだって言ってる」

背中を向けたままチャラ男が怒鳴った。娘は叫び声を上げ、結衣の腕を強く握る。

「痛い、無理っ……もう無理、痛い、痛い！」

老婦人は、娘に寄り添うようにして肩を抱き、額の汗をハンカチで拭いて励ましている。その老婦人の横顔を見て、結衣は自分の祖母を思い出した。

祖母の家は小さな呉服屋だった。安い外国の織物に押され、祖父の死と共に店は閉めたが、遊びに行った家で祖母が触らせてくれた織物の手触りが結衣は忘れられない。自分が服飾デザインの道を選んだのは、この祖母の影響だったと言ってもいい。

アパレルのデザイン公募で結衣が入選したその日、祖母は風呂場で倒れて入院した。

退院して以来言葉がおぼつかなくなったが、結衣が教えた簡単なメールが打てるのは幸いだった。就職してからも、辛いことがあると不思議と祖母からメールが届いた。その文面はいつも、げんきですか、とか、がんばってねという簡単なものだったが、結衣はそれに励まされてきたのだった。その祖母を思って結衣は今、決心した。

（自分は東京で精一杯頑張った。これからは、おばあちゃんのために——）

故郷《くに》に帰ろう、そう思った瞬間、携帯が振動した。結衣は片手で携帯を取り出し、液晶を見た。そこには変換されていないひらがながなが並んでいた。

『ゆいちゃん　ゆめ　かなえるまで　』

祖母が苦労して打ったに違いない文字はこう続いていた。

『　かえってきてはだめ　』

涙が出て文字がかすんだ。そして何故だかここにいて苦しんでいる娘が、まるで自分のように思えてきた。その時、看護師の女性が何か叫んだ。

「あ、頭が、頭が出ました。はい、いきんで！　今！」チャラ男の声が震える。

だが、看護師の女性が早口で何か言うと、チャラ男は首をかしげた。「何？　ええと……巻きついて、首に、巻きついてるって言ってる……！」

「臍帯《さいたい》じゃない？　臍帯が巻きついてるのよ！」

身体を支えていたＯＬの声が硬くなった。次の瞬間、新しい命のかたまりが看護師の手で取り上げられたのを結衣は見た。生まれたのだ。だが、聞こえるはずの泣き声が聞こえない。

「何か縛るもの！」チャラ男が彼女の言葉を伝えて叫ぶと誰かがイヤフォンを差し出した。看護師の女性はそれで臍帯を縛ると、カッターと言った。その言葉はリレーのように伝えられてゆき、誰かが差し出したカッターをライターの火で消毒すると、看護師は臍帯を切った。そして声を上げぬままぐったりとした赤ん坊の足の裏を叩くと、背中をさすり始めた。

「どうしたの？　何してるの？」結衣は不安になった。母となった娘も同じ思いのはずだ。

看護師の女性が低い声で何か言ったが、チャラ男は口を結んで無言のままだ。

「何？　何て言ってるの？」結衣は叫んだ。「早く訳しなさいよ！」

「……み、水を」チャラ男は小さな声で言った。

「水を飲んでいて息をしてないって。仮死状態だって」

「仮死状態……？　羊水を飲んでるんだ！」

「……うそ……私の赤ちゃん、死んでるの？」娘は力を振り絞って半身を起こすと、震える手を伸ばした。そして自分の子供を奪うようにして胸に抱くと、次の瞬間その口に自分の口をつけて吸った。何度も何度も、口を吸っては水を吐き出す。だが、赤ん坊はぴくりとも動かない。

いつまでも続く母親のその行為に結衣は声を失った。永遠とも思える時が過ぎ、不意に赤ん坊は激しくむせると小さな声を上げた。そしてそれははじけるような大きな泣き声になった。

「やった！」結衣は老婦人や周りの人と抱き合って喜んだ。

「ありがとう！　お疲れさん！」チャラ男の背中を叩くと彼は下を向いて泣いている。

「俺も……俺も、へその緒が首にまきついて生まれたって死んだ母さんがよく言ってた。母さん、こうやって俺を産んでくれたのか……こんなに苦しんで……それなのに俺……」

安っぽいドラマみたいな台詞だったが、その場に居合わせた誰もが笑わなかった。

「よくがんばったね。おめでとう」老婦人はそう言って娘の頬を両手ではさむと涙を流した。「私も満州からの引き上げ船の中で息子を産んだの。あなたみたいにね。その子にはもう会えないけれど、思い出しちゃったわ。あなた、この子をどうか大事にしてあげて」

結衣は立ち上がって非常通報器まで行くと、通報ボタンを指で連打した。

『――はい、どうしました？』スピーカーからあいつの硬い声がする。

「産まれた！　元気な女の子！」

そう叫んだ瞬間、不意に結衣は自分がここに居合わせた理由がわかった。

（そうか――）

結衣は急いでキャリーバッグのところへ行き、ジッパーを下げて中から一枚の洋服を出した。それは苦しんだ末に生まれた、シルクの白いワンピースだった。

祖母に触らせてもらったあの織物。どの店でも断られ続けてきた一枚。場所を取るから、デザインが普通、しわになる。断られた理由はいろいろだ。でもこの一枚こそは――。

「私が作ったの」

誇らしげに言ってそっと娘をくるんでやる。母になった人は疲れた顔に微笑みを浮かべた。

「……あの……何て名前のブランドですか？　記念に……覚えておきたいの」

「この子の名前が決まったら教えて」その名前をもらおう、結衣はそう思った。

その時、アナウンスが車内に流れた。

『皆様、ご迷惑をおかけしております。この先の駅構内で起きた人身事故ですが、ホームに居合わせたお客様方のご協力で線路内の方は救助されました』

おお、という声があがった。

『それから——私ごとで恐縮ですが、私は今日が初めての乗務でした。その初めての乗務で一人の命が救われ、また、一人の命が誕生しました。七号車で今、女の子が産まれたとのご連絡が入りました。皆様、どうか温かい……温かい……』

声は涙声となって不意に途切れ、あとは聞き取れなくなった。

車内でさざ波のように拍手が沸き起こり、やがてそれは静かで大きな歓声へと変わった。

（ホームに着いたらメアドを交換しないと、あの学級委員と）

結衣はシルクにくるまれた女の赤ちゃんを見つめた。そして覚えておこう、と思った。

自分のブランド、第一号となったお客様の顔を——。

悲しい嘘

冷たい雨がしとしとと降り続いていた。疲れているはずなのに、目が冴えてしまって寝つけない。中本和美は足音を忍ばせて階下に下りると、台所でそっとコップ一杯の水を飲んだ。

耳を澄ましてみるが、奥の姑の部屋からは物音ひとつ聞こえない。もう寝入っているのだろう。

通夜の席でも葬儀場でも、凛と背筋を伸ばしていた志津子《しづこ》の姿が思い浮かぶ。この年になって息子に先立たれるなんて、まだ五十二じゃないの、と病院で取り乱していた姿が嘘のようだった。

「足もとのお悪いなか、わざわざお越しくださいまして」

会葬者に丁寧に頭を下げる志津子の声に、ぼんやりとしていた和美はしばしばはっとさせられた。昭和ヒトケタ生まれの腹の据わりようはやはりどこか違うのだろうかと、そのたびに姑の横顔を盗み見た。

夫の康弘に腫瘍が見つかり、どうやらもう手遅れらしいと分かったのは半年ほど前のことだ。

おふくろには言わないでくれ、心配する姿を見たくないんだと康弘に懇願され、志津子にはぎりぎりまで病名を伏せていた。

半年前から覚悟していたはずの和美が、それでもいざ夫の死に直面すればがっくりと力を落としてしまったのに、ほんのひと月ほど前に事実を知らされたばかりの志津子のほうがよほど落ち着き払って見えていた。

定年まで中学の音楽教師を勤めた志津子はしっかり者の姑だ。最初に会ったときから、和美はなんとなく気後れするものを感じている。

康弘に連れられて両親に挨拶したのはプロポーズされたあとで、結婚したら仕事は辞めるつもりだと告げると、あら、と怪訝な顔をされてしまった。和美は男女雇用均等法が施行される前の入社で、寿退社という言葉がまだまだ一般的だった世代なのだが、結婚しても働き続ける女性教員たちを数多く見てきた志津子には合点のいかない選択だったらしい。

――せっかく四年制大学を出たのにもったいない。これからは女性もキャリアを重ねる時代じゃないの。

諭すような言葉にその場は曖昧に笑ってごまかしたけれど、結婚までのいわゆる「腰掛け」のつもりで就職した和美には仕事を続けるつもりなどさらさらなかった。退職を決めたと報告するときにはちょっとばかり気がひけたが、「あら、そうなの」と受け流されて拍子抜けした。

不甲斐ないと思われたような気がして、志津子にはどうも頭が上がらない。

ずっと別居をしていたが、十一年前、志津子が夫を亡くして一人暮らしとなったときに康弘が同居の話を持ち出した。志津子はあっさりと首を振り、まだまだ元気だし、あんたたちの世話にならなくても大丈夫、お互い気楽に暮らしましょうよと笑うので立ち消えになった話だが、その三年後、康弘の勤め先が呆気なく倒産すると、一人暮らしはやっぱり味気なくてね、こっちへ帰ってらっしゃいよと誘ってくれた。

川越の先の、夫が就職するまで暮らしていた町に戻ってきて八年になる。

康弘はかつての同級生を頼って、地元では手広く商売している餃子チェーン店に営業の職を見つけ、和美はバスを乗り継いで三十分ほど掛かる医療機器の製造工場でパートをするようになった。和美たち夫婦に子どもはなく、姑との三人暮らしが落ち着くのにさほど時間は掛からなかった。このままこの町で、いつか姑を看取り、夫婦で老いていくのだろうかと思い始めた矢先の夫の死だった。

しとしとと雨が降り続いている。夫のいなくなった家はしんと静まり返っていた。和美はまた、足音を忍ばせながら二階の六畳間に戻っていった。

人の死にはなんて多くの煩雑な手続きが付随するのだろうと和美は初めて思い知った。五十歳にもなってそんなことを言えば人に笑われるかもしれないが、舅が亡くなったときには余計な手出しは避けていたし、実家の父が亡くなったときにも母や兄夫婦にすべて任せてしまっていた。和美はただ言われるままに、戸籍謄本や印鑑証明をとったり、判をついた書類を送り返したりしただけだ。だが今度ばかりは先に立って動かなければならなかった。

銀行口座の名義変更やら自動引き落とし口座の変更手続きやら、生命保険の請求や相続のための手続き、それからお香典返しのリスト作りと発送手配。亡くなったのが十月だったので、年賀欠礼の挨拶状の宛て名書きも重なった。

あれやこれやと走り回り、ようやく少し落ち着いたかしらとほっとしたのは年が明けてからで、康弘が亡くなってもう三ヶ月近くが過ぎていた。

振り返ってみれば、次から次へとやらなければいけないことがあったおかげで、悲しみを紛らわせることができたようにも思う。もし何もしなくても良かったとしたら、いつまでもくよくよと打ち沈んでいたかもしれない。夫の死にこんなにも動揺するとは自分でも意外だった。結婚して二十年も経てばいろいろぶつかることも多かったが、いつの間にか夫はいるのが当たり前の存在になっていたのだと気がついた。こんなにも早く、ひとり取り残されるとは思ってもみなかった。三ヶ月という時間が経過してくれたおかげで、ようやく夫の死に冷静に向き合えるようになったと思う。

そして考えるようになったのは、さて、この先どうしようということだ。

康弘がいなくなってしまったいまでは、姑はもう赤の他人だ。ふたりで住むには広すぎる一軒家だけれど、他人に戻ってしまった志津子とふたりきりで、もしものときには志津子の介護をしながら暮らしていくのだろうかと思えば、いまひとつ覚悟は定まらない。

といって他に行くところがあるわけでもない。実家の母は、これからどうするつもりなのと訊ねはしたけれど、帰ってらっしゃいとは言わなかった。兄夫婦の代になり、建て替えられてすっかり様変わりした実家には、帰ろうと思ったところで帰る場所などとっくになかった。この家を出るならば、新しい住まいを買うなり借りるなりするしかないのだろうが、多少の蓄えはあるものの、パート収入だけで暮らしていくのかと思えばそれもまた心許ない。第一どこで暮らせばいいのか、皆目見当がつかなかった。家を出るならこの町にこだわらなくてもいいのだろうが、かといって暮らしたい町があるわけでもない。

そもそも志津子はどう思っているのだろう、というところに考えは行きついた。この家は康弘の家である以上に、志津子と亡き夫の家だった。「自分の家」に他人となってしまった嫁がいることを、志津子はどう考えているのだろう。

ちゃんと話し合ってみなければ、と思い始めた矢先の日曜日だった。

ちぎり絵教室の集まりだとか演奏会を聴きに行くとか、何かと外出することの多い志津子が珍しく家にいた。のんびりと茶を啜っている。ちょうどいい機会かもしれない、お昼ご飯のあとにでもこれからのことを相談してみようかと思いつつ、和美は姑《はは》に声を掛けた。

「お昼どうします？　お蕎麦でもゆでようかと思ってるんですけど」

「ああ、いいわねえ」

志津子はにっこりと顔を上げると、

「康弘は？　どこか出掛けたの？」

「え――」

何を言われたのか分からなかった。和美がまじまじと姑の顔を見ていると、

「パチンコにでも行ったのかしら。仕様がないわねえ」

「あの、お姑《かあ》さん」

「和美さん、携帯を鳴らしてみてよ。お昼なんだから帰ってくるように言ってやって」

「何言ってるんですか、お姑さん！」

和美は叫ぶように声を上げていた。志津子の気持ちを思いやる余裕などなかった。声をひきつらせて、ただ現実を訴えた。

「しっかりしてくださいよ、亡くなったんじゃないですか、康弘さん。去年の十月」

「え――」

今度は姑の声がひきつった。

「止してよ、縁起でもないこと言わないでちょうだい、和美さん」

「お姑さん！　病院で一緒に看取ったじゃないですか」

「馬鹿なこと言わないで」

「じゃあ、お仏壇を見てくださいよ」

志津子は隣室を振り返る。飾られた康弘の遺影に目を見開くと、駆け寄って真新しい位牌を手に取った。へなへなとその場にへたり込む。

「どうして。一体いつの間に――」

位牌を胸に抱きしめて、ぼろぼろと涙をこぼす。和美はもうなんと声を掛けたらいいのか分からない。

「何があったの、どうして教えてくれなかったの、一体どうして――？　康弘、あんたまだ若いのに。代われるものなら代わってやりたい！」

遺体に取りすがって泣いていたときと同じ姿だった。通夜や葬儀のときの凛とした姑はどこにいってしまったのだろう。姑のほうが和美よりずっと先に、康弘が逝ってしまった悲しみから立ち直っているように見えたのに。

「お姑さん、お姑さん」と背中をさする和美の声は、志津子の耳には届いていないようだった。

「それ、まだら呆けよ」

翌日、同年輩のパート仲間たちに相談すると、あっさりと即答された。

「やっぱり――」

和美はがっくりと肩を落とす。前日のことが思い出された。

もしかして呆けが始まったんじゃないかと思い至ったのは、泣き疲れた志津子をなだめて横になるよう促したあとだった。一体いつから、と思い、志津子とゆっくり話をするのは久しぶりだったことに気がついた。

一緒に暮らし始めたときに、お互いの生活を大切にしましょうねと言い出したのは志津子で、康弘が元気だった時分からべったりと三人家族のように暮らしていたわけではない。朝が早い志津子は勝手に朝食をとることが多かったし、夜も一緒に食べたり食べなかったり半々くらいだ。先週は何かとすれ違うことも多かった。

それにしてもお正月にはふたりで康弘の思い出話を語り合ったりもしたのに、この十日ほどの間に一気に症状が進んでしまっていたのだろうか。

目覚めたらどうしよう、なんと言ってなだめればいいんだろうとおろおろするうち、志津子は穏やかな表情で起きてきた。

——いやあね、いつの間にかうたた寝しちゃって。和美さん、お昼はまだ？　どうしましょうか。

照れたように笑う志津子はいつも通りの姑だった。そのあとは康弘のことは話題にのぼらないように努め、何事もなく一日が過ぎ、そして今朝、志津子は仏壇に手を合わせてさえいたのだった。

どうやら昨日は一時的に、康弘の死が分からなくなっていたらしい。和美にも察しはついていたが、はっきり指摘されると気持ちが沈んだ。

まだら呆け。なんていやらしい響きだろう。

「呆けが進んじゃったら大変よ。どうするの、中本さん」

「どう、って言われても」

ただでさえこの先どうしようと思い悩んでいたところなのだ。どうもこうもない。いまの状況に追いつくだけで精一杯だ。

「うちは徘徊が始まっちゃってね。あのときは困ったわ」

「とにかくモノをためこむのよ。空き箱もレジ袋も。そんなにあっても使えないでしょうっていうくらい」

一気に昼休みの休憩室は賑やかになる。同僚たちは老いた親を抱える五十代の主婦がほとんどで、この手の話題には事欠かない。

「またあんなことがあったら、どうしたらいいのかしら」

息子の死に何度も直面させるなんてむごすぎる。あんなふうに泣き崩れる志津子の姿はもう見たくない。

「ごまかすのが一番よ」

同僚たちの意見はすぐ一致した。

「認知症ならすぐにまた忘れるから。その場を上手くごまかせばなんとかなるわよ」

事もなげに言われるが、和美にとってはしっかり者の、頭の上がらない姑だ。ごまかすなんてことが上手くできるんだろうか。それに——。

苦い思いがこみ上げてきて、和美は小さくため息をついた。


とっくに寝たと思っていた志津子が茶の間に座って、和美が風呂から上がるのを待っていたのは三日後のことだった。

「康弘がまだ帰ってないのよ。どうしたのかしらね、こんな時間だっていうのに」

十一時半。都心にいた頃なら格別遅いともいえない時間だが、最寄り駅からバスしか手立てのないこの町で暮らすには、よほどのことがない限り終バスに間に合うように帰るのが当たり前になっている。もう充分「こんな時間」だ。

ごまかさなきゃ、と和美はひとつ大きく息をした。

「さっき電話があって」ひっかかりそうになった声を、咳払いして整える。「今日は遅くなるそうですよ、会社の皆さんと飲み会だとか」

「ああ、そうだったの。でも珍しいわね、こんなに遅くなるなんて」

志津子はどこか腑に落ちない様子だ。終バスの時間はどこも似たり寄ったりで、バス通勤の社員が多い地元の会社では飲み会はそれに合わせてお開きになる。

「なんだかね、盛り上がっちゃったみたいですよ。それよりお姑さん、どうしたんです？　何か用事でも？」

強引に話題を変えると、志津子は雨戸の建てつけが悪くなっていることを思い出したのだと訴えた。

「時間のあるときに、ちょっと見ておいてほしいのよ」

「分かりました。帰ったら伝えておきますから、もうやすんでくださいね」

姑の部屋は仏壇のある六畳間の向こう側だ。仏壇の遺影に気づかれないよう、あれこれと話しかけながら部屋に連れていき、おやすみなさいと電気を消した。

ふうっと大きく息をついて茶の間に座り込む。なんとか上手くごまかせた。でもたったこれだけのことでも、嘘をついて人を騙すのはなんて後味の悪いものなのだろう。相手がいつもしゃんと背筋を伸ばしている姑だから尚更だ。

それに――。

康弘がもう助からないと知ったときの、志津子の言葉を思い出す。

――たいしたことはないって、ただの胃潰瘍で食欲が落ちてるだけだって言ってたじゃない。和美さん、あなた、本当のことを知ってたの？

まっすぐに和美を見すえた志津子の目。

知っていて嘘をつき続けたのかと責められたようでつらかった。

お姑さんの心配する姿を見たくないからと言われて、それで、と言い訳するように小さな声で告げれば、志津子は「そう」と肯いて、それきり何も言わなかったけれど。

この家に移ってきたばかりの頃、康弘が気遣ってくれたことを思い出した。

――おふくろはさあ、ずっとセンセイをやってきただろ。だから真面目というかカタイっていうか、曲がったことが大嫌いなんだ。俺も小さい頃は、都合の悪いことをごまかそうとして、嘘をつくんじゃないってよく叱られたな。でもまあ、あれは性分だから。気疲れしないようにしたほうがいい。

ちくりと胸が痛んだ。嘘をつかれることが嫌いな姑に、嘘をついてごまかそうとしてしまったのだ。

康弘がもういよいよ危ないとなったとき、志津子がぽつりと口にした言葉も胸を突いた。

——こんなことになるなんてね。もっと一緒に、旅行でもしときゃ良かったわ。

まだ元気なうちに知ってさえいれば、あんなこともこんなこともできたのに、もっと早く本当のことを知っていれば、となじられているようでいたたまれなかった。志津子から息子と過ごす最後の時間を奪ってしまったのではないだろうか。たとえ康弘に口止めされても、本当のことを打ち明けるべきではなかったか。ずっと後悔の念がくすぶっている。

それなのにまた、志津子を騙すような真似を続けなければならないのかと思えば気が滅入った。

志津子の日常はこれまでと変わらない。朝は早起きして身だしなみを整え、てきぱきと家事をこなす。料理の腕も落ちてはいない。ただ時折すっぽりと、康弘が死んだという現実だけが抜け落ちる。

平日の日中は会社員の康弘はいなくて当たり前だったから問題は起こらない。気をつけなければならないのは週末や夜だ。

志津子の意識が康弘に向かないように、和美はあれこれと話し掛けるようになった。パート先のちょっとした出来事や、駅前の大型スーパーで見つけた新商品のことを話題にする。話しているうちに「康弘は……」ということになれば、気づかれないようにそっと仏壇の遺影を隠す。嘘をつくことがいいのかどうか、迷いながらも和美は「ごまかす」ことを続けている。最近ではずい分上手にごまかせるようになったと自分でも思う。けれども本当にこれでいいのかどうか、確信は持てないままだ。姑を悲しませないためだと自分に言い聞かせながら、なんとなく後ろめたいものを感じている。

志津子はどうしてほしいと思っているのだろう。いっそ訊ねてみたい気もするけれど、どう切り出せばいいのか分からない。実はね、お姑さんに痴呆の症状が出始めているんですけど、なんて言えるはずないではないか。けれどもその前提を話さなければ、康弘が死んでいるという事実を伝えたほうがいいのか、ごまかして伏せたほうがいいのか、問い掛けることもできない。

他人の話にして志津子の考えを探ってみようと思いついた。

「パートでご一緒してる方なんですけど、困ってるんですって。ご実家のお父さんのことで」

顔色を窺いながら、話を先に進めてみる。あまり似たような状況では、頭のいい志津子に勘づかれてしまうかもしれないので、性別を変え、奥さんに先立たれたという話に置き換えた。

「相談されちゃったんですよ。奥さんは亡くなったって本当のことを話したほうがいいのか、なかった。


ごまかしたほうがいいのかって。どう思います？」

「そうねえ」

志津子はちょっとの間、首を傾げて考えていたが、やがてきっぱりと言い切った。

「ご本人の望むようにしてあげるのが一番じゃないかしらね」

だから、そのご本人がお姑さんで、お姑さんはどう望んでいるんですか、とは聞けるはずがなかった。


そろそろ康弘の納骨を考えてはどうだろうかと言い出したのは志津子だった。

いつ納骨しようかと何度か相談したけれど、四十九日の法要のとき、康弘はまだ五十二歳だったし、もう少し家にいたいんじゃないだろうかという話になり、そのまま延び延びになっていた。

「でもね、そろそろけじめをつけたほうがいいんじゃないかと思うの。年も明けたことだし、心の整理をつけることも大切かなって思うようになったのよ」

凛として話す志津子の佇まいを見ていると、やはりその場限りの嘘を口にしてごまかすなんて、何か間違ったことをしているように思えてきた。姑に嘘は似合わない。少なくとも志津子はそんなことを望んでいないに違いない。

この次はやんわりと本当のことを伝えてみよう。納骨の日取りを相談しながら、和美はそっと心を決めた。姑なら事実を告げても乗り越えていくに違いない。息子の死をきちんと受け容れることで、痴呆の症状も改善するんじゃないだろうかと、和美はひそかに期待もした。

その数日後だった。パートからの帰り道、駅前のスーパーで買い物をしていると、和美の携帯電話がけたたましく鳴り出した。見慣れない番号が表示されている。

――中本志津子さんの、ご家族の方ですよね？

慌てふためいた声は、志津子が通っているカルチャーセンターの事務員だった。

――すぐ来てください、中本さんが大変なんです！

和美が隣り駅の駅ビルに駆けつけると、カルチャーセンターの応接室に取り乱した志津子の姿があった。

「和美さん、本当なの？　本当に康弘は死んじゃったの？」

掴みかからんばかりの勢いで、志津子は和美を問いつめる。

「嘘でしょう？　ね、嘘だと言って。そんなこと一言も聞いちゃいない。どうしてなの、どうして一言も言ってくれなかったの？　ひどいじゃない！」

そのままわっと泣き出してしまった志津子に、和美は返す言葉が見つからない。間もなくカルチャーセンターが呼んでくれた近くのクリニックの医師が到着し、鎮静剤を処方された志津子はソファでうとうととし始めた。

まさかカルチャーセンターで騒ぎが起きるとは思っていなかった。事情を話しておくべきだったと後悔する。ご迷惑をお掛けしてと恐縮する和美に、事務員が状況を説明してくれた。

「中本さん、久しぶりに教室にお見えになったので、生徒さんたちとお茶して帰ろうという話になったらしいんです」

康弘が亡くなったあと、志津子はしばらくちぎり絵教室を休みたいと申し出ていたという。ようやく気持ちの整理もついたので再開しますと顔を出し、教室の間は以前通り、黙々と作品創りに励んでいたらしい。カルチャーセンターのフロアにある喫茶ルームでも特に変わった様子は見えなかったそうだが、生徒たちが志津子を力づけようとしたときに事が起こった。

「元気そうでほっとしたわ。息子さんが亡くなってショックだろうけど、これからも教室を続けてね」

「え……？　どういうこと？」

志津子は顔色を変え、生徒の一人が状況を察したときにはもう遅かった。

「そんなの嘘よ、康弘が死んだなんて！」

生徒たちのとりなす声はもう耳に入らず、志津子は康弘の携帯を鳴らし、解約を告げるメッセージに「つながらない」と泣き伏してしまったという。

知らなかった、と和美は唇を噛む。志津子がちぎり絵教室を休んでいたことも、康弘の携帯番号を登録したままにしていることも。

和美の知る志津子はいつもしゃんと背筋を伸ばしていた。息子の死をきちんと受け止め、乗り越えているかのように見えていた。けれどももしかすると、志津子は心配を掛けまいと強がっていただけではないだろうか。夫を亡くした和美のほうがつらいはずだと、自分の悲しみを押し隠していたのかもしれない。

あなた、本当のことを知っていたの、と問い掛けた志津子の目が思い浮かぶ。もっと早く真実を知っていたら、納得のいく形で最後の時間を過ごせたのにと、その目は訴えかけているかのようだった。だからこそ、今度は本当のことを伝えようと思ったのだけれど。

息子を喪った姑の悲しみはこんなにも深い。それならせめて、嘘をつき続けるしかないではないか。たとえ志津子にどう思われようと。

二月の月命日、康弘の納骨は予定通り行われた。

お寺の住職には事情を話し、もしかすると急な延期をお願いすることがあるかもしれないと伝えておいたが、心配していたようなことは起こらなかった。

春の近さを感じさせる暖かな日だった。志津子とふたり、康弘のお骨を納めたばかりの墓に手を合わせる。

「まさか康弘がこんなことになるなんてね。小さい頃から丈夫な子だったのに」

「入院したことがないんだって、それが自慢でしたものね」

健康を過信したことが仇になったのかもしれなかった。体調の悪そうな康弘に、和美が医者に行ったらと勧めても、なあに、ただの疲れだよ、もうトシだしな、と笑って取り合ってはもらえなかった。なぜあのときもっと強く主張しなかったのだろうと、和美はいまも悔やんでいる。

「こんなふうに息子を送ることになるなんて思ってもみなかったわ。この年になってこんな悲しみを味わうなんて」

「そうですね、胸にぽっかりと大きな穴が開いたみたい。いっそ何もかも忘れてしまえれば楽になれるのかもしれませんね」

だから志津子の現実からはすっぽりと、康弘の死という現実が抜け落ちるのではないだろうか。和美はそう思うようになっていた。だが志津子は静かに首を振る。

「いいえ、私は忘れたいとは思わない」

「え？」

「だって、こんなふうに和美さんと打ち解けて話せるようになったんだもの。この毎日を忘れてしまいたいなんて思わないわ」

「お姑さん――」

和美は姑の横顔をまじまじと見つめる。志津子はうつむいて、そっと目をしばたたかせた。

「実はね、あなたたちがこっちに戻ってきてからも、ちょっと遠慮してたのよ。あなたたちにはあなたたちの生活があるんだから、邪魔しちゃいけないって。でもふたりきりになってから、和美さん、いろいろと話し掛けてくれるようになったでしょう？　そのことが嬉しいの」

あまりにも意外な言葉だった。

長い間、しっかり者の志津子はちょっと苦手な存在だった。頭が上がらないような思いが続いていて、親しく話し掛けることを避けていた。あれこれと話をするようになったのは最近だ。康弘の死という現実から目をそらしてもらうためだったのに、志津子が喜んでくれていたなんて。

「ごめんなさいね」

志津子はつと顔を上げた。和美の目をじっと見つめる。

「和美さん、あなた康弘の病気のことを知っていたのよね？　つらかったでしょう。それなのに、なんの相談にものってあげられなくて。きっと私のせいなのよね。主人からもよく、おまえは気が強くて話しづらいところがあるから気をつけろって言われてたの。ごめんなさいね。

ずっと謝らなきゃと思ってたけど、なんの力にもなれなかった自分が情けなくて」

「お姑さん、そんなこと。私のほうこそ――」

真実を告げなかったことを責められてるとずっと思っていた。

あなた、本当のことを知ってたの、と問い掛けた寂しい目。和美を責めているのかと思っていたのに、志津子は自分を責めていたなんて。

「お姑さん、じゃあ私が嘘をついていたこと、怒ってなかったんですか」

「決まってるじゃない。和美さん、康弘はきっと良くなる、治るに違いないと信じて、私に嘘をついてくれていたんでしょう？　悲しい嘘だったけれど、その願いが通じたからこそ、康弘は半年もの間頑張ることができたんじゃないかしら。きっとそうだわ」

悲しい嘘。それが許されるというのなら、これからももうひとつの嘘をつき続けよう。和美はしっかりと心を決めた。姑がもう二度と、息子の死に直面して嘆き悲しむことのないように。

姑はきっと、この嘘をつくことも許してくれるに違いない。

「ねえ、和美さん。ずっと訊こうと思っていたんだけど――あなた、これからどうするつもり？」

志津子の目の奥で小さな不安が揺れていた。和美が訊ねようとしていたことを、志津子も訊ねたいと思っていたのだ。それなら答えはひとつしかない。

「どうって、これからもずっと、あの家で暮らしていくつもりですよ。お姑さんと一緒に。だって私たちの家でしょう」

ほっとしたように志津子が笑う。

姑に笑顔を返して気がついた。志津子と打ち解けて話す時間は、いつの間にか和美にも楽しみなものとなっていた。一体何を悩んでいたというのだろう。

康弘がいなくなっても姑は姑。縁あって家族になったのだ。他人ではない。

「帰りましょうか」

差し出した手に、志津子が自分の手を重ね合わせる。うららかな陽射しのなかを、ふたりは肩を並べて歩き出した。

自分の親と占いブースで隣り合わせになってしまう確率は、どれぐらいなのかを考えていた。しかも父親と。

……たぶんそんなに高くはないはずだ。

けれど、今薄い壁一枚で仕切られた隣の部屋から聞こえてくる声。

「実は……妻が浮気してましして」

その声なら、よく知っている。

「私？　四十八歳です、妻も同じ年でして。あ、私の生年月日は……」

その生年月日だっておなじみのものだ。

「お恥ずかしい話なんですけど……妻は、私と別れたいと思ってますやろか？」

お父さん、そんなこと、占いで相談するようなことじゃないやんか。

目をキラキラとさせて彼氏との相性を見てもらっている友達に「ちょっと外で電話してくるわ」と耳打ちして、店の外へと早足で出た。

どうせ占いはつきあいだ。今のところ私には相性を見てもらうような彼氏もいないし、第一昔からあんまりこういうものは信じないタイプだ。

店の外に出て、向かいにカフェがあることを発見する。店名を友達にメールしたあと、カフェに入って隅の席に腰をおろした。背の高いグリーンが、いい感じで私の姿を隠してくれる。これなら占いからお父さんが出てきたところで、気づかれる心配もないだろう。

運ばれてきた冷たいお水を飲んで一息ついた後、濃い緑色をした肉厚の葉っぱの間から、向かいの占いの店に目をやった。パニクって、ぐちゃぐちゃになった頭の中を整理する。

お父さん、何を喋ってたっけ？

妻が浮気している。別れたいと思っているかどうか？

結婚二十五年目の夫婦。当然ながら、すっごく仲良しってムードなんかなかった。

けれど、友達の親の話を聞いてもそれがまぁごく普通の夫婦なんだろうと思っていたから、二人に会話がないことに特に危機感なんて抱いたことはない。

なのにまさか浮気とか……しかも、お母さんのほうがだなんて。

お父さんは印刷会社で営業をしている。十年ほど前から時代は紙からＷＥＢへと移り変わりをみせ、チラシやカタログなど紙を使った製品の印刷部数がグーンと減ってしまったそうだ。当然お父さんの会社も売上が大幅に減少した。

なんとかリストラだけはまぬがれたものの、ボーナスは大きくダウンしてしまった。

そこで立ち上がったのがお母さんだった。

家のすぐ近くに新規開店するお菓子屋さんが、新聞に販売員募集の求人広告を出した。それを見てずっと専業主婦だったお母さんは「私、やってみるわ」と言い出したのだ。きっと受からないだろうと適当に聞き流していたら、あっさりと合格してしまった。慌てたお父さんは「ホンマにできるんか？」と何度もお母さんに聞いていたように思う。

けれど予想に反して、販売員はお母さんの天職だったことがすぐにわかることになる――。

そんなことを思い出しながらため息をひとつついた瞬間、占いショップから人が出てきた。

間違いない……お父さんだ。営業の途中だろうか？　半袖のワイシャツにネクタイ、少し裾が短いスラックス姿で、カフェには目もくれずに足早に歩いていく。

お父さんってあんなに猫背やったっけ？

昼間の明るい陽射しの中で見ると、家の中よりずっと老けて見えた。

その後ろ姿が見えなくなったあと、娘としてどうするべきかを考えてみる。けれどこんなこと初めての経験で、情けないことに何もいい案が浮かばない。

まったく……私のほうこそ占いで見てもらいたいぐらいやわ、お父さん。

魚を焼く匂いが家の外にまで漂っていた。「ただいま」と言いながらキッチンに入ると、お父さんがグリルの前で菜箸を片手に立っている。

「おかえり。もうすぐ鯖が焼けるで」

昼間の切羽詰まった様子と同一人物と思えないほどのんびりした口調で、後ろを向いたまま言う。

なぁなぁ今日の昼間、難波の占いの店に行ってたやろ？　私も午後休講やって、実は友達とあの店におってんで。しかも隣のブース。なによ、水臭い。そんなに悩んでるんやったら、先に言うてくれたらいいやん。私かって、もうええ大人やねんで。

……帰ったらそんな風に明るく切り出してみようと思ってた。けれど、いざとなるとどうしても言えず、違う言葉が口から出てしまう。

「お母さんは？」

「今朝言うてたやろ？　一週間出張や。広島のほうで新店オープンとかでな。店員さんたちの教育に行ったたわ。そやけど、あれやな。このご時世にお母さんの会社は景気ええこっちゃ」

口数の少ないお父さんにしては、やたらと喋る。けれど最後にハハハと笑った声に全然感情がこもってないように思えてしまうのは、考え過ぎだろうか。

一週間の出張。もしお母さんの浮気が本当ならば、当然お父さんだって今回の出張が本当かどうか疑っているはずだ。私だってあんな話を聞いた後じゃ限りなく怪しいと思ってしまう。

お母さんが勤めているお菓子屋さんは、主にロードサイドに大型店を出店するスタイルで有名になった。最初は一販売員だったけれど、お母さんは勤めてすぐに頭角を現すことになる。とにかくお客さんからの受けがいい。人の顔を覚えるのが速いらしく、一度来た人の顔は忘れない。時には名前を呼んで話しかける。

小柄でコロコロと丸っこい体型で、典型的なおたふく顔をしたお母さんが、どんな年代のお客さんからも慕われるというのは、なんとなくわかる気がする。

勤めて一年後には正社員になり、そのまた一年後には店舗での教育担当に抜擢された。既存店での販売員教育はもちろん、新店舗がオープンするたびに全国を飛び回る生活が始まった。係長という役職になったのはいつのことだっけ……。

「どないした、千佳《ちか》？　鯖、生焼けやったか？」

色んなことを考えてたら、どうやら私は鯖をじっと眺めているように見えたらしい。心配そうにお父さんが尋ねる。

「ううん、大丈夫やで」

お父さんの料理はいつも美味しい。お母さんの仕事が忙しくなってから台所に立つことが多くなったからだ。たぶん、お母さんが頑張り出してから色んなことをあきらめたのかもしれない。お父さんは会社から早い時刻に帰ってくるようになった。ううん、あきらめたのとはちょっと違うかな。割り切ったというべきだろうか。

すねることもせず、嫌な顔もせず、お父さんはごく淡々と自分の新しい役割を受け入れたのだ。お母さんが仕事をすることについて、嫌みを言ったりするのを見たことは一度もない。

せっかくお父さんと二人きりの夜だったというのに、鯖の焼き加減が絶妙だったことについて語り合うだけで終わってしまった。それどころか何も聞けないまま、一週間があっという間に過ぎていってしまったのだ。

その日お母さんは私の大学の近くにある店で、新人研修を行うと話していた。お父さんに事の真相を確かめられなかった私は、今度はお母さんをターゲットにすることにした。

大学からバスに乗ってお店の前の停留所で降りた。車が十台は止められそうな駐車場の奥に、広い店舗が見える。

店の自動ドアが開き、この暑いのにスーツをビシッと着こなした男の人が出てきて、駐車場に止めていた車に乗り込んだ。店の名前が書かれた社用車だった。すると、すぐその後から制服を着た人が小走りで出てくる。お母さんだ。

お母さんはまっすぐ社用車へと走り、運転席の窓をコンコンと叩く。男の人は窓をあけ、お母さんを見てちょっと微笑んだ。笑うと少し印象が変わって、お母さんより少し年下に見える。

お母さんが持っていた書類みたいなものを手渡すと、その人は受け取りながら素早くお母さんの手を書類の下でぎゅっと握りしめた。

その瞬間……お母さんはまるで小さい女の子みたいな恥じらった顔を見せた。

これがドラマや映画なら素敵なワンシーンと思えるんだろうけど、よりによってヒロイン役は自分の母親だ。驚きしか感じられない。

間違いない、私の母親は浮気している。そしてその相手は、あの男だ。

まさかそんな現場を見ることになるなんて考えてもいなかった。

私はただ、お父さんが心配していることを相談したかっただけなのに。

「私が浮気してるって？　そんなアホなことあるわけないやんか！」

といつもみたいに大きな口を開けて笑い飛ばしてほしかっただけなのに。

発進した車をじっと見送っているお母さんに声をかけてみる。

「お母さん」

お母さんは、まるでスローモーションみたいにゆっくりと振り返り、私の顔をじっと見つめた。泣いてるのか、笑ってるのかよくわからない、奇妙に歪《ゆが》んだ顔だった。

隣の部屋の女の子が、今大ヒット中のラブソングを感情たっぷりに熱唱している。

ふっと考える。

お母さんみたいな年齢でも、ラブソングを聞いてキュンとしたりするんやろうか。自分にあてはめて「まるで私たちのことを歌っているみたい」なんて思ったりするんやろうか。

冷房が効いた狭いカラオケボックスの部屋で、うつむいているお母さんの横顔を見た。

ぽっちゃりしているせいか年齢より多少は若く見えるけど、あごにお肉がついて輪郭がぼやけ始めたごく普通のオバサンだった。不倫の恋に苦しむ人妻っていうキャッチフレーズが、こんなに似合わない人もいないいんじゃないかと思ってしまう。

お母さんはずっと黙っている。

駐車場での一瞬の手繋ぎシーンを見られたとわかったからこそ、休憩を取り、周りの人に聞かれたくない話だからこそ、このカラオケボックスにやってきたはずなのに……。何も喋らないその態度に猛然と腹が立った。

「さっきの人みたいな、ああいういかにも仕事できますって男の人、全然お父さんとは違うタイプやんな？　そやから、頼りがいあるなぁ、カッコイイなぁとか思ってしまったんやろ？」

お母さんは何か言いたそうな顔で私を見た。

「私、色んなとこでバイトもしたし、去年はインターンシップで企業で三週間ぐらい働きもしたやん。そやからわかるねん。同じ職場で家族より長い時間一緒に働いてたら、ついその中の人のこと好きになってしまう気持ちとか。わかるけど、だからって私とお父さんを捨てていいって理由にはならへんし！」

「お父さんは……」

「気づいてるに決まってるやん」

お母さんはまた黙る。イライラがマックスに達した私は声を荒らげながら喋った。

「あんな、教えたげる。お父さん、占いで相談しててんで。妻が浮気してます、妻は私と別れたいって思ってるんでしょうか？　って」

「え……」

「私、おってん。偶然隣のブースにおって、お父さんの声聞いてしもてん。よう考えたらな、お父さんって友達とかおらんやん。会社でも飲みに行ったりとかめったにないやん。そんなお父さんがお母さんの浮気知って苦しくて、抱えきれへんようになって相談に行った先が占い師やで。若い女の子が友達同士で遊び半分で行くような難波の占い屋に、ネクタイした中年のおっちゃんが座っててんで。なぁ、これ聞いてお母さんは切なくなれへん？　申し訳ないなぁって思わへんの？」

「……ごめん。ごめんな、千佳」

「私に謝らんといて」

カバンを持って立ち上がった。

「今日見たこと、誰にも言わへんから。そやから、自分のしてることよう考えて！　四十八にもなって、愛とか恋とか言うてんと、頭冷やしてくれへんかな」

それだけ言って部屋を飛び出す。親子じゃなく、二十二歳と四十八歳の大人の女性同士として冷静に話しあおうと思ってたのに……やっぱり私にはできなかった。

耳が痛くなるくらいの大音響で音楽が鳴っている廊下を、猛ダッシュで走り抜ける。

さっき駐車場で見たお母さんの顔がチラつく。これまで見たことないくらい、綺麗でピカピカと光って見えたことがすごく嫌だった。


あの日、占いに行ったお父さんの気持ちが今はわかる。

私には友達がたくさんいるけれど、今回のことはあまりに内容が重すぎて、軽々しく話すのはためらわれる。けど、ひとりで抱えるのには、もう限界にきていた。

お父さんとお母さんは、ここのところ夜になると毎日話し合いをしているみたいだった。

「それで、今日はどないしたんかな?」

目の前に座っている占い師から切り出されて、自分が占いブースの中にいることを思い出す。

バイトの帰り道、まっすぐ家に帰りたくなくて心斎橋筋の商店街をふらふら歩いていると、占いと書かれた看板が目に入ったのだ。空いている先生なら誰でも良かった。結果なんてどうせ信じない。ただ誰かに話を聞いてほしかったのだ。

ええっと、この先生は……確か手相と霊視で占うって表の看板に書いてあったっけ。

「あのですね、父と母が……離婚するかもしれなくて」

「まぁ、それは心配やね」

「見てもらえますか? 二人の将来」

七十歳ぐらいに見える女性だった。すーっと息を吸い一瞬目を閉じた後、私の頭の少し上あたりをじっと見つめる。

「あの……何が見えてるんですか?」

沈黙が怖くて訊いてみるけど、先生は一点を凝視するだけ。

手持ち無沙汰に耐えられなくなったころ、おもむろに口を開いた。

「行くべき道を行く、やな。これからは」

「は? いえ、あのそれは、つまり離婚するってことですか?」

「あんた……だいぶしんどかったなぁ、かわいそうにな。しんどかったわなぁ」

……私の目から涙がこぼれたのは、この占い師の言葉に感激したわけじゃない。

しんどかったなぁ。苦しかったなぁ。

お父さんもきっとこんなふうに誰かから言ってほしくって、占いに来たんだろうなと思ったら、たまらなくなったからだ。

口下手で不器用なのに、家族のために営業職で頑張ってくれたお父さん。けれど、色んなことが上手くいかなくなって。そして、まさかのお母さんの浮気……。

呪文のようになにかを喋り続けている占い師の言葉は、もう耳に入らなかった。

お父さんとお母さん、今この時代を生きづらいのはどっちだろうと考える。

間違いなくお父さんだろう。

ならば私はお父さんと一緒に生きよう。

この先もし二人が離婚することになったとしても、お父さんには私がついている。

占いの帰り道、そんなことを考えながら家を目指した。


あぁ、お母さんは出て行ったんやな。

一歩玄関に入った瞬間そう感じた。

玄関はいつもとなにも変わらない。陶器のふくろうの置物も、招き猫も、鍵を入れるための籐のカゴも同じ場所にある。でも何となく空気が昨日までとは違っていた。千ピースのジグソーパズルの端っこのほうが、ひっそりと欠けている感じ。そんな小さな違和感があった。

リビングに進むとお父さんが食卓に座り、湯呑みに手を添えていた。私を見ると、

「お帰り、遅かったな。ご飯はいらんのやろ？」

と訊いた。

「お母さん、出ていったん？」

「あぁ……わかるか」

「うん、なんとなく」

「しばらく、離れて暮らさせてほしいって。おまえに会わせる顔ないって言うてな」

「ふーん」

私も今はお母さんと冷静に話せる自信がなかった。

本当は色んなことを知りたかった。お母さんは離婚を望んでいるのか？　相手の男の人は独身なのか？　出て行ったお母さんと一緒に住むつもりなのか？　何より、お父さんはお母さんに腹が立たないのか？

……でも今はいい。明日考えればいい。

私は持っていたコンビニ袋をお父さんに見せた。

「お父さん、ちょっと飲もっか」

「え？　飲むって酒をか？　今か？　このタイミングでか？」

「そうや。お父さんお酒弱いから、アルコール分少ないチューハイ買ってきたよ、甘いやつ。私にはビール」

お父さんはあっけにとられたような顔で、コンビニ袋から次々出てくる缶ビールを見ていたけど、やがて笑い出した。

「飲も、飲も。ほな、なんかつまみ作るか」

「大丈夫。それもちゃんと調達してきた」

もう一つの袋から、チーズ鱈やさきいか、ミックスナッツを出す。

甘いお酒のつまみに甘いものを食べたがるお父さんのために、チョコレートも。

コップなんか使わずに、二人とも缶ごと直接飲んだ。

お母さんの話はしなかった。

私のバイトのこと、春から新社会人となる私を心配するお父さんの気持ち、小さな頃、旅行に行った温泉旅館が広すぎて私が迷子になったこと……。

お父さんがカルピス味のチューハイをようやく一本飲み終わったとき、私はすでに二本と半分のビールを飲んでいた。さすがに少し酔い始めていたのか、訊かないつもりでいたのに我慢ができず、ついお母さんのことを口にしてしまった。

「お父さん、お母さんのこと腹立ってへんの？」

お父さんは相当トロンとした目をこっちに向ける。少し考えた後、口を開いた。

「まぁ少しはな。けど、千佳もわかってるやろけど、だいぶ前からもうあかんかったしなぁ」

「でも……だからって浮気とかは、やっぱりあかんやん」

「うーん、そやな、あかんわな。あかん思うし、腹も立つけど、けどどっかでな」

「どっかで、なに？」

「どっかでちょっとあっぱれ！　とも思ってまうねんな」

「あっぱれ？」

「せや、考えてもみい。お母さん、四十八歳やで。格別キレイでもなくって、どこにでもおるコロコロよう太ったおばちゃんや。そのおばちゃんがなぁ、自分より三つ年下の男と恋愛するってなぁ。どっかで、俺の嫁はんけっこうやるやん、あっぱれやん、とも思ってまうんよ」

あの男、やっぱりお母さんより年下やったんや……。

一度だけ見た男の顔がよみがえる。

私は笑い出した。お父さんはびっくりしたような顔でこっちを見てる。

「お父さんはどこまでお人よしなん？　出て行った嫁に向かってあっぱれやなんて。もうお人よしすぎて笑けるし」

笑い続ける、本当は何もおかしくなんてなかったけど、笑って笑い飛ばして今だけは現実を忘れたかった。

笑ってないと、泣いてしまいそうだった。

昨日まで、続いていくのが当たり前だと思っていた日常は、こんなにも突然覆《くつがえ》ってしまうんだという現実に押しつぶされてしまいそうだったのだ。

そんな私の様子を見てお父さんも力なく笑う。

「そうか、やっぱりおかしいか」

「おかしいに決まってるやん」

大きなため息をついた後、お父さんも笑いだし、しばらくは二人で笑いあった。

笑いっていうのは不思議なもので、無理やりにでも笑い続けていると、段々と本当におかしなことがあったように思えてきてしまう。

発作みたいな笑いがやっと収まった後、目の端に滲んだ涙を指先で拭いながら私は言った。

「けど……まぁたしかに、ある意味あっぱれかもしれへん」

「せやろ!? あっぱれなおばちゃんやで、あれは」

私は鼻でフフフンと笑い、ビールをお父さんの目の前に掲げた。

「こうなったらやけくそ、もうなんでもええわ、あっぱれなおばちゃんに乾杯したろうよ」

お父さんも新しいチューハイピーチ味の缶を開け、目の前に掲げる。

「よっしゃ、あっぱれにかんぱーい」

「かんぱーい」

缶と缶をカチンとぶつけて、ゴクゴクと飲んだ。

新しいおつまみを取り出そうとコンビニの袋をガサガサいわせながら、早口で言う。

「私、もし結婚するなら、絶対お父さんみたいな性格の人探すし」

どうしても言っておきたい言葉だったけれど、いざ口にするとものすごく恥ずかしい。お父さんをチラッと見ると、さっきより一段と赤くなった顔でチョコレートの銀紙を剥いていた。


それから数分後、お父さんは机の上に突っ伏していびきをかきはじめた。新しく開けたチューハイは半分も減っていない。アルコール分わずか三%の缶チューハイ一本とちょっとでこんなに酔えるなんて、安上がりでいい。

寝室からタオルケットを持ってきて肩にかけてから、また向かいに座りビールを飲んだ。

お父さんのいびきをＢＧＭにしながら考える。

もしかしたら、優しさっていうのは損なもんかもしれへんな。長いこと一緒に暮らしてたら、当たり前のことやって流されていってしまうんかもしれへん。

けどな、お母さん。逃した魚は大きかったで。後悔しても知らんから。今かって、お父さん、最後までお母さんの悪口言わへんかったやろ？　ほんまにめちゃめちゃ優しい人やねんから。

まるで私の考えに同意するかのように、お父さんのイビキがグォォと一瞬大きくなる。

お母さんが帰って来ても来なくても。とりあえずまた明日という日は来てしまう。

日常が覆ってしまったからって、そこで人生が終わるわけじゃないのだ。

今は突然のことすぎてイマイチ現実感がないけれど、きっと私もお父さんも明日になればもっと色んな感情が噴き出してくるのかもしれない。ドロドロとしたイヤな思いが。

だからって……臆病になんてなっていられない。

私は新聞紙の束を探りチラシを取り出して、ペンで裏面に今月の食事の当番表を書き始める。

お父さん、明日からまた新しい日常を始めような。二人でもいいやん。二人でいいやん。

寝顔を見ながら、小さな声でそうつぶやいた。

トラとちゃうんか?

「父さん、東京で一緒に暮らそう」

湯呑のお茶を飲み干しながら、真柴武雄《ましばたけお》は「いよいよきたか」と身構えた。

妻・志乃《しの》の四十九日で、東京から息子の聡《さとし》一家が帰ってきていた。法要も無事終わり、嫁の美穂や、孫の亮太がバタバタと帰る準備をしているとき、聡が居間にやってきて座った。

二人きりで向かい合うなんてまずないことだから、もしかしたら……と思っていたが。

武雄は聞こえなかったふりをして、数滴しか残っていないお茶をズズッとすすった。

そこに「じいちゃーん!」と亮太が入って来た。武雄がホッとして両手を拡げたら、「おじいちゃんとパパは、大事なお話中」と言って美穂が連れ出してしまった。

仕方なく湯呑を手に持ってはみたけれど、もうすすれる分も残っていない。空の湯呑を手の中で転がしていたら、再び聡が口を開いた。

「母さんがいなくちゃ、一人でなにもできないだろ? 飯もコンビニ頼りだったみたいだし」

聡たちが来る前に、慌ててゴミ袋に詰め込んだカップラーメンや総菜の空きパックを、どうやら見られていたらしい。

「父さんはいやかもしれないけど、もうそれしか方法がないんじゃないか？ じゃないか……って、おまえはいつから東京もんになったんや。

武雄は湯呑をドンと音を立ててテーブルに置いた。

「同居させてもらうほど、まだ老いぼれてないわ！　ドアホ！」

聡はため息をつき、黙って居間を出ていった。

聡たちが帰って急に広々とした居間に寝ころび、武雄は志乃の遺影を見上げた。

あかんわ……いっつも黙りこむか言い合いになるか、あいつとは合わへんわ。

昔からこうだったわけじゃない。聡が小学校の低学年の頃までは、さっきの亮太のように両手を拡げて抱きついてきたりもした。仕事が忙しくてあまり遊んでやることもなかったが、日曜の昼なんかは、武雄が唯一作れるたこ焼きを「おいしい、おいしい」と喜んで食べたものだ。吉本新喜劇を見て大笑いしながら、「父ちゃんのたこ焼き、大好きや」なんて言ってくれた。

中学、高校と大きくなるにつれ会話は少なくなっていったが、まあ思春期というものやろと心配していなかった。あんなに活躍したたこ焼き器も、台所の戸棚の奥深くにしまいっ放しになってしまったけれど、そのうちまた一緒に食べるときもあるやろと捨てずにおいた。

そんな思いがあったからか、聡が「東京の大学に行く」と言い出したとき、武雄は裏切られたような気になってしまった。ムキになって反対したら理由を聞かれ、まさか「寂しいから」とも言えず、「阪神ファンは東京が嫌いなんじゃ！」と理不尽に怒鳴り散らした。聡はやってられないとでも言うようにため息をつき、黙って部屋を出ていった。そう、ちょうどさっきのように……。

志乃が憐れむような目をして見下ろしている。武雄はフンと寝がえりを打って、写真に背中を向けた。

感情でポンポン言葉が飛び出す自分と違って、聡はしっかり考えてから話を始める。しっかり考えて東京の大学に進学したおかげか、在学中に建築士の資格を取り、今では自分の設計事務所を構えるほどになっている。「一緒に暮らそう」というのも、しっかり考えてのことなんやろうけど……。

武雄はガバッと起き上がった。

「ワシにも意地っちゅうもんがあるんや！」

志乃が呆れた顔をして、こっちを見ていた。

志乃の死は、定年退職した武雄がこれからの余生を一緒にのんびりしようと思っていた矢先のことだった。まずは旅行に連れていってやろうと、こっそりもらってきたパンフレットをながめていると警察から電話があったのだ。横断歩道を渡ろうとした志乃に、左折のトラックが突っ込んできて……と。あまりにも突然のことで狼狽《ろうばい》して、それからの記憶はかなり飛んでいる。東京から聡が駆けつけてくれたときまでパンフレットを握りしめたままだったし、葬式が終わるまでは誰となにを喋って、なにを食べていたのかさえも覚えていないありさまだ。聡が一切を取り仕切ってくれて、武雄はただショックでぼんやりとしているだけだった。

それからは、毎日のように通っていた囲碁サークルにも行く気になれず、一日中、家でぼうっとする日々が続いていた。サークルの友人たちからは「そんな生活しとったらボケるぞ」と言われるが、「まだそんな歳とちゃうわ、ドアホ！」と言い返している。

とはいうものの、最近「ほんまにボケたんやろか」と心配になるときがある。買ってきた卵を冷蔵庫に入れようとしたら、もうすでに十二個パックが入っていたり、昼ご飯を食べたかどうかすぐに思い出せなかったり。戸締りと火の確認だけは、真面目にするようになっていた。

その夜も早めに戸締りをしようと縁側に出たら、一匹の猫が花壇に寝そべっているのが見えた。

「トラ……？　トラとちゃうんか？」

武雄が急いでガラス戸を開けると、トラと呼ばれたその猫はビクッとして起き上がった。

トラは一年前に志乃が拾ってきて、猫嫌いの武雄が大反対するのを押し切って飼っていたトラ猫だ。そういえば、志乃が死んでから一度も姿を見ていない。志乃がいないこんな家にもう用はないとでもいうように、ふっといなくなったままだった。

トラはまるで知らない人でも見るかのように、武雄をじっと見つめている。「ワシは可愛がらんからな！」と宣言した通り、武雄は世話はもちろん、興味さえ示さず、当然懐《なつ》かれてもいなかった。知らん顔されても仕方ない。

そうや、確かにこんな感じのシマ模様やった……と、武雄はその猫をまじまじと見つめた。阪神のキャラクター、トラッキーに顔の模様が似ているからと「トラ」という名前は志乃が付けた。

「おまえ、帰って来たんか？　……もう志乃はおらんぞ」

動く気配のないトラを見て、武雄は冷蔵庫からちくわを出してくると縁側に置いてやった。

トラは武雄をうかがいながら恐る恐る近づいてきて縁側に飛び乗り、食べ始めた。

「このシマシマ、トラッキーにそっくり！　お父さんがナイター見るときのお供にええんとちゃう？　だから飼ってもいいでしょ？」

志乃の笑顔が思い浮かぶ。

「まあ、メシの世話くらいはしたってもええぞ」

こっちを見て「にゃあ」と鳴いたトラに思わず笑みがこぼれ、武雄は慌てて顔を引き締めた。

「調子に乗るな！　可愛がりはせえへんからな！　しょせん、猫は猫じゃ！」

こうして、武雄とトラの生活が始まった。


それから武雄の生活が一変した。トラに朝ごはんを急かされて早起きになったし、コンビニ頼りだった食事も、一人と一匹分なんとか作るようになった。「おまえのせいでのんびりできんようになったやないか」と文句を言いつつも、なんだか張り合いのようなものが出てきた。

囲碁サークルも再開し、仲間たちは喜んでいる。特に昔から家族ぐるみで付き合ってきた鎌田《かまた》昭夫《あきお》は、ほっと胸を撫で下ろした。

「元気を取り戻したのはええことやけど、いったいなにがあったんや？」と昭夫は聞いたが、「充電期間が終わったんじゃ」と武雄は煙《けむ》に巻く。武雄は、トラが帰って来たことは内緒にしていた。あれほど毛嫌いしていた猫と暮らしているなんて、今さら恥ずかしくて言えなかったのだ。

武雄が出かけるときは、トラは玄関まで見送り、帰って来たら出迎える。志乃よりええ嫁はんやないかと心の中で笑っているが、間違っても「ほな、行ってくるな」なんて声をかけることはない。しょせん、猫だから。

それでも、ナイター中継を見ていて「よっしゃ、ホームランや！」と叫ぶと、いちいち「にゃあ」と鳴いて返事する。酒の肴《さかな》を物欲しそうに見つめるので、ちょっと投げてやったら美味そうに食べて、また「にゃあ」と鳴く。どちらからともなく、だんだんと距離が近づいていって、いつの間にか武雄の膝の上がトラの定位置になっていた。こんな姿、志乃が見たら大笑いしよるやろなあ……と考えたら恥ずかしくなり、「なに懐いとんねん！」と払いのけることもあったけど。

それでもある日、つい話しかけたら、「にゃあ」と答えてくれたのが嬉しくなり、そのうち志乃の思い出話を延々とするようになっていた。たとえ話しながら涙が浮かんできても、ヘンに同情されることもない。トラはただじっと耳を傾け、黙って話を聞いてくれた。

やがて夏が来て、町内会の祭りの時期になった。毎年、武雄たちの囲碁サークルは出店を開いている。年寄りだけでもできる、ジュースやビールの販売がいつものことだったが、今年はたこ焼きをやろうと武雄が言い出した。案の定、「火を使うのは危ないんちゃうか？」とみんなは尻込みしている。

「まだまだ若いもんには負けへんいうところを、見せてやろうやないか！」

自信満々な武雄に、昭夫も「やったろうやないか！」と加勢してくれた。

「たこ焼きといえば、聡くんの大好物やろ。祭りに呼んだら来てくれるんちゃうか？」

なんとなくうまくいっていない親子関係も、聡が正月くらいしか帰って来なくなったのも、昭夫はぜんぶわかっているのだ。武雄はフンと鼻を鳴らして首を振った。

「あいつはもうすっかり東京もんや。たこ焼きなんか食いたないに決まってる」

離れて暮らして二十年近くになる。息子の好物どころか、なにを考えているのかさえ、もう武雄には想像もつかない。

出店は、無事たこ焼きに決まり、武雄は張り切った。練習しようとたこ焼き器を引っ張り出してきたが、さすがに年月が経ち過ぎていて電源コードまで錆《さ》びていた。武雄はしばらく考えて、写真の志乃をチラッと見た。

「わかっとるって。そのうち粗大ごみに出すって……」

そう言いながらも、錆を落として新しい袋に入れ直し、元の場所に丁寧にしまった。

せっかく材料を買いそろえたので、たこ焼きのタネだけ作ってみた。小麦粉に卵を入れて出《だ》汁《し》で溶く。ここに山芋を入れるのが武雄流だ。山芋をすりおろしながら、「今日のお昼は父さんのたこ焼きなん？　やったー」という幼い聡の声を思い出し、武雄はふふっと一人笑った。

祭り当日、練習した甲斐あって、たこ焼きのタネ作りまでは順調だった。レンタル業者の人に教えられた通り、たこ焼き機にガスホースを差し込み、慎重な手つきで点火する。ガスが完全燃焼しているのを示す青い炎を指さし確認したところで、武雄は値段表を作っていた仲間に呼ばれた。

「相場はどのくらいや？　五百円くらいにしとくかあ？」

「年に一回の祭りや、どーんとおまけせんかい！」

高い、安い、と言い合って、結局三百五十円に落ち着いた。他にもイラストを入れようとか、キャッチフレーズはどうする？　などと盛り上がっていると、「火や！　火が出とる！」と声が聞こえた。風で飛んだ布巾《ふきん》が、付けっ放しにしたたこ焼き機の上で小さな炎を上げていた。

隣でフランクフルトの準備をしていたのが、消防団の青年たちだったのは幸運だった。手際良くあっという間に炎は消され、「火がついている間は離れないように」と注意されただけで済んだ。でも、武雄は落ち込んだ。うっかり離れたんじゃない、火をつけたこと自体、忘れていたのだ。

「最近、物忘れが激しいてなあ……。ワシ、ボケ始めたんかなあ」

がっくりと肩を落とす武雄を、昭夫が笑い飛ばした。

「そんなん、ワシも一緒や。女房の名前が出てこんかったりな！　やっと思い出したと思ったら昔の女の名前で、えらい怒られたわ！」

二人でハハハと笑いながら、武雄はふとトラのことを打ち明ける気になった。長い付き合いの昭夫にくらい、弱みを見せてもいい。

「トラが帰って来てな、今一緒に暮らしとるんや。そやから、ボケてる場合やない。ワシがしっかりせなあかん。あいつは他に行くとこ、あらへんからな」

トラ相手に志乃の思い出話をすることも、照れ臭かったけど打ち明けた。なんだか気持ちがすっきりした。

昭夫が怪訝《けげん》な顔をしていたことに、武雄は気がついていなかった。


祭りも無事終わった数日後、武雄が一人と一匹分の夕食の準備をしていると、玄関から「おるかあ?」と昭夫の声がした。ガスの火を止め、完全に炎が消えるのを見届けてから「おう」と答える。あれ以来、武雄はすっかり慎重になっていた。

玄関に行くと、昭夫が神妙な顔つきで立っていた。なんや、辛気臭い顔して……と口を開きかけてハッとした。昭夫の後ろに聡がいたのだ。

「ちょっと、心配でな……俺が呼んで来てもろうたんや」

「おまえ……」

武雄は昭夫に食ってかかった。

「ちょっとボヤ起こしたくらいで、なにを大げさにしよんねん！」

聡はなにも言わず、黙ってこちらを見ている。

またしっかり考えて来たんか……。「一緒に暮らすしか、もう他に方法がない」と理路整然と言いよるんか……。

武雄は気持ちを読み取れないその顔から目をそらし、代わりに昭夫に向かって怒鳴った。

「ワシは同居なんかせえへんぞ！　こいつのマンションではペットは飼えん、トラを連れて行かれへんからな！」

昭夫と聡が目を合わせる。昭夫が黙って頷くと、聡は初めて口を開いた。

「父さん、トラは死んだじゃないか」

武雄は目を丸くした。どういう策略《さくりゃく》や、トラを死んだことにして二人でなにを企《たくら》んでんねん……？

「は？　トラはおるわ。帰って来たんじゃ！」

奥に向かって名前を呼んだが、トラは出てこない。

「母さんと一緒にトラックにはねられて死んだじゃないか」

「おまえ、いったいなにを言い出すねん……」

ほんの一瞬よぎった不安を打ち消すように、武雄は「トラ！」と何度も呼んだ。

「いないんだよ、トラは」

「そんなアホな……」

息をのんで昭夫の顔を見る。昭夫は今にも泣きそうな顔をして、遠慮がちに頷いた。

「……ワシはボケてないぞ。トラはおる。いっつも志乃の思い出話に付き合ってくれた。あいつだけは聞いてくれたんやからな！」

武雄は二人を押しのけると、裸足のまま外に飛び出した。

「おいっ、出てこんかあ！　トラっ、トラ！」

叫びながら、庭の方にもまわってみた。花壇にも縁側にもトラの姿はない。すっかり伸びきった雑草を必死でかき分ける武雄の手を、聡がつかんだ。

「父さん、しっかりしてくれよ！　事故のあと、警察の人が説明してくれたじゃないか。覚えてないのか？」

聡に身体を揺すぶられて、武雄は混乱した頭をなんとか整理しようとした。だけど、あのときは志乃の死がショック過ぎて、記憶がすっかり飛んでいるのだ。警察と話をしたことさえ覚えていない。

武雄はずるずるとその場に座り込んだ。

ワシはボケたんか？　トラは、ボケの妄想やったということか？

武雄の目から、はらはらと涙がこぼれた。でもそれは、自分がボケたんじゃないかという恐怖からじゃない。トラはいない、また一人ぼっちになってしまう現実が辛かったのだ。

「一度東京に戻って、同居の準備を整える。手続きはぜんぶこっちでやるから、引っ越しの荷造りを始めておいてくれ。父さんが望むなら、この家はしばらくこのままにしておくから」

聡の言葉に、武雄は頷いた。もうそれしか方法がないんだと自分に言い聞かせた。

「立って」と聡が手を出した。

……おまえ、大した奴やな……。

聡に手を取られて立ち上がりながら、武雄の中に、ぜんぜん違う感情が込み上げていた。

父親がボケたかもしれんいうときに、こんなに冷静でいられるなんて、ほんまに大した奴やわ……。たこ焼きが出来上がるのが待ちきれんと、たこ焼き器に指突っ込んで「あついー」って大泣きしよったおまえがなあ……。

なんや、この手は。こんなに大きなって、がっしりして。いつの間にや……。

泣きたいのか笑いたいのか、自分でもよくわからない。結局、泣き笑いみたいな顔になって、武雄は深々と頭を下げた。

「世話になって申し訳ない」

「……なんか、父さんらしくないね」

聡は眉間にしわを寄せた。

聡が帰って行ったあと、武雄は昭夫に「迷惑かけた」と謝った。昭夫にも「おまえらしくない」と言われてしまった。

「俺はおまえがボケたとは思ってないんや。ほら、超常現象っちゅうもんがあるやろ?」

なぐさめてくれているのだろうが、今の武雄には余計に辛い。

超常現象か……。トラが一人になったワシを心配して、幽霊になって来てくれたとか。ちっとも可愛がってやらなかったワシを?

「ありえへんわ」

武雄は苦笑いして首を横に振った。


その日の夜、トラのいない夕食を終え、ぼんやりとテレビを見ているうちに眠ってしまったらしい。武雄は妙な音に気がついて目を覚ました。

ガリガリ……音の方に目をやると、縁側のガラス戸を引っ掻いているトラがいた。

武雄が慌ててガラス戸を開けると、慣れた様子で縁側から入ってくる。こっちを向いて「にゃあ」と鳴いたトラを、武雄はおそるおそる抱き上げた。

ふわっとした毛の感触、トラッキーのシマ模様、それに温かい……。

妄想なんかじゃない、幽霊なんかでもない。トラは確かにここにいた。

「妄想でも幽霊でもないなら……」武雄はハタと思い当った。

「おまえは、トラとは違う、トラ似の猫なんか？」

ろくに世話もしていなかったんだから、シマ模様だってうろ覚えだ。たまたま庭に入って来たよそのトラ猫を、トラと間違えたとしても不思議はない。よく見ると、トラよりも顔のシマが細い……ような気もする。

「なんや……そういうことか」

武雄はその猫をぎゅっと抱きしめた。

「そうか、トラとちゃうんか……。トラでもないのに、志乃の思い出話によう付き合ってくれてたなあ」

冷蔵庫からありったけのちくわを出してきて、猫の前に置いた。夢中で食べる様子を目じりを下げて見ていた武雄が「あ……」と声を出した。

「おまえを連れて、東京には行かれへんぞ。今さらやめとくとも言えんし……。おまえ、これからどうすんねん。ワシはどうしたらええねん……」

ちくわを食べ終えた猫が、いつものように武雄の膝に乗ってきた。「どうしたらええねん」

と言いながら背中を撫でているうちに、武雄はいつの間にか眠ってしまった。

　朝、目を覚ますと、もう猫はいなかった。

　あれはトラ似の猫だったのか、トラの幽霊だったのか、やっぱりボケた自分の妄想だったのか……。武雄は頭を抱えた。東京に行くか、やっぱりやめとくと聡に言うか……。ワシはボケているのか、いないのか……。腕組みをして悩んでいると、電話が鳴ってビクッとした。

　聡の妻、美穂からだった。

「このたびは、いろいろとご迷惑をおかけしてしまい……」と、武雄がモゴモゴ言っていると、美穂は笑い出した。

「いやだあ、お義父さんらしくないですよー」

　明るくてコロコロ笑うところは、志乃によく似ている。自分と同じように、なんだかんだ言っても聡も尻に敷かれていそうだ。

「聡さんも言ってましたよ。『世話になって申し訳ない』って頭なんて下げるから、びっくりして焦ったって。自分と違って感情任せで口が達者なところが、親父のいいところなんだよなって」

「聡が……？」

うしろで「余計なこと言うな」と聡の慌てた声が聞こえたが、美穂は軽く「はいはい」といなし、「それからね、お義父さん」と続けた。

「お義母さんの思い出話も聞かせてほしいんですって。なんで猫なんかにするんだと怒ってます。私や亮太にも聞かせてくださいね」

信じられないような気持ちで武雄が黙っていると、受話器を取り合うような音が聞こえ、「じいちゃん？」と亮太の声がした。

「ね、じいちゃん、たこ焼き作れるの？」

返事をする間もなく、美穂の声に替わった。

「美味しいんですよね？　聡さんから聞いたことありますよ。焼けるのが待ちきれなくて、たこ焼き器に指入れちゃったとか。久しぶりに食べたいそうですよー」

「そんなこと言ってな……」「ぼくも食べたーい」「貸せ、ちょっと……」「じいちゃん、早く来てー」聡と亮太の声が、後ろから聞こえてくる。

「というわけだから、お義父さん、待ってま……」

美穂の声はさえぎられ、やがて、「あ……」と聡の声がした。「お……」と武雄も応えた。

「来週の日曜に迎えに行く。それまでに準備をしておいてくれ。こちらでいろいろ買いそろえるつもりだから、身の回りの物だけでいい」

受話器の向こうから、いつも以上に改まった声がした。武雄はふふっと笑ってしまいそうなのをこらえた。笑ってしまうと、たぶん涙も一緒に出てくる。

いつからかなあ、気持ちを言い合えなくなったのは……。おまえが関西弁を使わなくなった頃から、えらい遠くに行ってしまったみたいに感じとった。おまえも尻に敷かれてるんか。まだたこ焼き好きなんか。そうか、そうか……。

涙も笑いも押しかくして「わかった」と短く答え、しばらくの間、二人とも黙ったままだった。

「……じゃあ」

「……ほな」

ほとんど同時に言った。

「あ、それから！」

武雄はおこうとした受話器を、慌てて耳にあてた。

「あのさ……たこ焼き器、買っておくから」

武雄は受話器を置いて、志乃の写真に話しかけた。

「せっかく買う言うてるから……しゃあないなあ」

東京へ行こう。武雄は決心した。ここで本当にいるのかどうかわからない猫を待っていても仕方ない。それより、聡や美穂や亮太と一緒に暮らし、亮太にじいちゃんのたこ焼きを食べさせてやろう。聡も大好きな、山芋入りのたこ焼きや。

「それでええんやんな？」

「ええんです」と、志乃が頷いてくれたような気がした。


日曜日、昭夫が見送りに来てくれた。

「聡くん、こいつはこう見えても寂しがり屋やからな、親孝行したってや」

さっきから目を真っ赤にしている昭夫の頭を「アホか！」と言って引っぱたき、武雄は聡の車に乗り込んだ。

「なに泣いとんねん、はよ帰れ！」

「泣いてへんわ、はよ行け！」

志乃が死んでからも、ワシは一人ぼっちなんかじゃなかった。やいやい言いながらも、昭夫がいてくれたなあ。ありがとうな……。

車が走り出し、武雄はもう一度振り返る。手を振ろうとして、ハッと息をのんだ。昭夫のうしろに、トラがいた。いや、あのトラ似の猫が、家の屋根の上で気持ち良さそうに昼寝をしているのが見えたのだ。

「おった……ほんまにおったぞ！　聡、見てみ！」

武雄の声に驚いて、聡が急ブレーキをかけた。

「なんだよ、びっくりするだろ！」

「こらっ、聡！」

狭い車内にビンビンと声が響き、聡が顔をしかめる。

「おまえ、よくもワシをボケ老人扱いしてくれたな！　これではっきりした。あの猫をトラと間違えてただけで、ワシはボケてないんじゃ！　わかったか！」

武雄が指さす屋根の方を見て、聡は「ああ」と言った。

「『ああ』ちゃうわ！　猫はおった、ワシはボケてない言うとんねん！『ああ』ってなんやねん、『ああ』って。東京の言葉なんかで本物の気持ちは伝わらんのじゃ！」

聡は苦笑いして、頭をかいた
「もうどっちでも……」

「……どっちでもなんじゃ!?」

「もうどっちでもええねん。猫はほんまにおったんか、おらんのか。父さんがボケてるのか、ボケてないのか。俺にはもうどっちでもええ。いつかは一緒に暮らしたいと思てたから、一緒に暮らして今まで話せんかった分、話したいと思てたから。そやから、もうこれでええ」

「……なんやねん、急に」

久しぶりに聞いた関西弁と、初めて聞かせてくれた胸のうちが、じわじわと武雄の心に染みた。

「あの猫がそのきっかけを作ってくれたってだけやろ?」

返す言葉もなく、武雄は「むむ」とうなってシートに身体を沈めた。

行くよと、聡は車をスタートさせた。

武雄は不甲斐なく滲んできた涙をごまかして、窓の外を見た。トラ似の猫が伸びをするのが見えた。

……ありがとうな、トラによう似た猫よ……。

武雄が心の中で呟くと、トラ似の猫は立ち上がり、屋根伝いにふらりと消えていった。

怒って、泣いて、そして笑って

キッチンの窓から見える空が高い。秋晴れの青く透明な空を見上げながら、成田恵美は手を動かしていた。日に日に水が冷たくなっている。もう冬も近い。

突然、がちゃん、と耳をふさぎたくなるような音がした。

あわてて居間にかけつけると、三歳になる息子のサトルが居間の花びんを倒していた。じゅうたんの上に破片が飛び散り、クッションも雑誌も新聞も水浸しだ。

かたわらに立ちすくむサトルの手にあるおもちゃの剣。いつもはつんつん元気よく立っているはずの髪の毛までしおれて見えて、丸い顔に二重の大きな瞳をおどおど動かし、ばつの悪そうな表情をしていた。

もう聞かなくたってわかる。ふざけておもちゃの剣を振りまわしていたせいだ。

お気に入りの花びんだったのに、もう……。

恵美は肺を空にするほど息を吐き出して、深く深く繰り返し深呼吸をした。こみ上げてきた憤《いきどお》りをどうにかやり過ごすと、頬の筋肉を無理やり押し上げて、ひきつった笑顔を作る。

落ち着いて落ち着いて。叱っちゃダメ。叱らないようにしなきゃ……。

「だめだよー、サトル。部屋でやったら、危ないからね」

当のサトルは悪びれもせず「うん」と素直にうなずいた。

でも、またすぐに走り出してソファにジャンプしているから、きっとなーんにも分かっていない。

「ほらまた……」と言いたいところを抑えて、キッチンに戻る。時間もないし朝食の洗い物が終わっていない。背中を向けたところで、また鈍い音がして何かが落ちた。それに続いてサトルの泣き声……。

恵美は天井を見上げると、そのまま動けなくなった。


きっかけは、サトルの通う保育園のママ友、啓太《けいた》くんママの話だった。

「子どもといると、つい叱っちゃうじゃない？　でも、いたずらも危ないことも、子どもには子どもなりの理由があるんだって。だから、頭ごなしに叱るのって、自分で考えたり自分で何かをしよう、っていう子どもの気持ちをつぶすことなんだよ」

三歳になってから、ますます元気でいたずらがひどくなってきたサトルのことを話したら、啓太ママはそう教えてくれた。

啓太ママは男の子三人のお母さん。元気でやんちゃな子ども三人に、にこにこしながら世話を焼いている。楽しそうで、優しそうで、怒っているところなんか見たこともない。理想のお母さんだ。サトル一人でてんてこ舞いの恵美には想像もできない。

それで、立ち話ついでに軽くグチ混じりの相談をしてみたのだ。

言うことをきかない子ども、自分の気持ち。上手なしかり方……。

そこで聞いたのが「叱らないで子育てしようって、思ってる」という話だった。

恵美は感心すると同時に、気持ちがフッと軽くなった。

ご飯をこぼす、おもちゃを投げる、棒を振りまわす、走り回ってぶつかる、挨拶をしない、他の子を押しのけたりする、なかなか寝ない……。

サトルの世話をしていると、小言と叱り声をあげてばかり。

でも放っておくこともできないし、仕方がない。しょんぼりした顔やふてくされた表情を見ると怒ったことを後悔したり、落ち込むけれど、仕方がない。仕方がないんだ。ずっとそう思っていた。

でもある日、窓ガラスに映った自分の顔をみたら、すごく嫌な顔をした女が映っていた。

……ぞっとした。

大嫌いな父さんの、大嫌いな怒り顔とそっくりだった。やせぎすで頬骨の飛び出た鋭い輪郭に大きな瞳がぎょろりとにらむ。薄い唇はいつもガンコなへの字の、あの父さんの顔に。

恵美が十四歳、中学二年生のときに母親が急逝してから、大学に入って家をでるまでの五年間、父さんと二人きりで暮らした。

元々怒りっぽい人ではあった。けれど、母という緩衝材がいなくなり、二人きりになると細かいことまで注意されて、のべつまくなしに叱られた。

お小遣いや買い物にはじまり、立ち居振る舞い、髪型、食事作法、口の利き方、門限……。そのころ恵美は思春期でもあったし、親に反発したい年齢だった。叱られて怒鳴り返すこともあったし、部屋に閉じこもったこともある。恵美にも頑固なところがあって、父さんとますます険悪な関係になっていき、ついには家を飛び出すように父の元を去った。

それから十年が過ぎ、恵美も大人になり結婚して子どももできた。それなりに苦労を積んだせいか、前ほど父さんを嫌ってはいない。けれど、苦手な気持ちはずっと持ち続けている。

そんな父さんと同じ顔。本当にぞっとした。

だからといって、放っておけばやりたい放題のサトルを叱らないわけにもいかない。

叱りたくない、でも叱らなきゃ……。悩んで悩んでもうどうしたらいいかわからなくなっていた恵美に、「叱らないで済む」という子育てはまさに理想そのものだった。

啓太ママの話を聞いたその日のうちに子育て関連の本を片っ端から本屋で買ってきて、あれこれ目を通した。そこで、「叱らない子育て」があるのだと知った。

「サトルが悪いことをしても叱らない。きちんと話をして、言い分を聞いてから、なんでダメかを教えていこう。もう、絶対に叱らない！」

恵美はそう決意した。つい一週間ほど前のことだった。

居間に戻ってみると、サトルがソファの下で泣いていた。どうやら、ソファから飛び降りようとしたら、足を滑らせてヒザを打ったらしい。青あざができていた。

危ないなあ、もう。

そう思ったけれど、叱らないようにどう言い聞かせようかと、すぐ頭を切り替えた。

サトルが泣きやむのを待ってから、目を見て落ち着いて話す。

「ヒザはもう痛くない？　戦隊レッドのマネだったんだよね？　でも、サトルはまだ小さいから落ちたら痛いよ。もっと痛いケガするかもしれないから、ここからジャンプするのはやめようね。ママも心配だよ……」

ゆっくりと分かるように、サトルの気持ちも考えながら、自主的にやめたいと思うように……。あれこれ本で読んだことを考えながら、なんとか思い通りの話ができたと思ったとたんに、サトルはぷいと横を向いた。

「いいの！」

そう言い置いてまた走って行ってしまった。

せめて話をちゃんと聞いてよ……お願いだから。

パタンと閉じられた襖を見て、恵美はまた頭を抱えた。

叱りたくないのに、父さんみたいになりたくないのに。どうしたらいいんだろう、もう。


「何だこれは、こんなもの捨ててこい」

恵美が中学三年生のとき、こっそりお小遣いで買い集めていた少女マンガを全巻捨てられた。

高校受験の勉強の合間に秘かな楽しみにしていたマンガだった。掃除のとき本棚の奥に隠しておいたものが、父さんに見つかって怒鳴りつけられた。

学校で友だちがみんな読んでいて、内容は他愛ない恋愛ものだったけれど、恵美も夢中になって読んでは、友だちとのおしゃべりを楽しんでいた。

「みんな読んでるやつだし、勉強もちゃんとしているから……」

恵美が必死になって反論しても、「ダメなものはダメだ」と理由すら言わずに、父さんはとりあってくれなかった。

いつも父さんは一方的で、独断的だった。

「バカもんっ！　こんな遅くまでどこで何をやっていた！」

高校二年のときには門限の七時を十五分ほど遅れたら、玄関先で怒鳴りつけられた。部活の居残りのあと、ちょっと友だちとおしゃべりをしていて遅くなった。でも、夏の頃でまだ夕暮れの日が残っているほどの時間だ。それなのに、一方的に叱られた。

「小学生じゃないんだから、七時の門限なんて早すぎるよ」

文句を言ったら、「子どもが何を言っている。早いか遅いかは大人が決める」とだけ言われた。

暴力こそ振るわれたことはない。けれど、とても納得できない勝手な言い方や一方的な決めつけに、恵美の心は暴力なんかより深く傷ついた。

だからその頃は、どうやって父さんから離れようか、どうやってこの家を出て行こうかということばかりを考えていた。結局、反対を振り切ってわざと東京の大学を選んで、仕送りも拒み、アルバイトを見つけて独り暮らしを始めたのだ。

深い夜、遠くから虫の音が聞こえていた。

恵美は立ちあがると、大きく伸びをした。目の前の布団には、ついさっきまで走りまわっていたサトルが眠っている。寝顔だけは赤ん坊のころと変わらない。

ぽかんと開けた口や、うっすらピンク色のほっぺた、つるつるのシミ一つ無い肌、やわらかい髪の毛。あどけない顔を見ていると、愛しくて愛しくて胸の奥がきゅーっと切なくなる。やっぱり叱りたくない、と気持ちを確認する。

こんなに可愛い、こんなに愛しい子どもを押さえつけるなんて間違ってるよ。絶対に。

そっとサトルの頭をなでたら、玄関でカギが開く音がした。ややあって、「ただいまー」という声が聞こえた。

夫の誠《まこと》が帰ってきたようだ。

恵美は寝室を抜け出す。大きな丸い身体をソファに埋めるように座り込んだ誠に「おかえり」と言ったら、誠は「ドラえもん」にそっくりな丸い顔に丸めがねで部屋を見回した。

「うん、ただいま。あー疲れた。サトルは?」

いろいろ言いたいことがたまっていたので、口を開こうとしたら誠が瞬きをしながら部屋を見回して言った。

「ひでぇ荒れっぷりだなあ。サトルのやつ、今日も絶好調だな」

のん気で他人事な言いぐさにカチンときた。穏やかで優しい人だけれど、ちょっと無神経なところがときどきカンに障る。

誠の仕事はマンション販売の営業だ。毎日忙しそうで、お客の都合に合わせての休日出勤、残業は当たり前。仕事熱心で真面目で顧客も多く、会社でも信用されているらしい。サトルのことも可愛がってくれるし、いい夫でいい父親だと思う。

でも、サトルの腕を引っ張って、叱りつけて、他人に迷惑をかけないように止めて、ケガや事故を起こさないように抱き留めるのは母親である恵美の役割だ。

誠は一緒に暮らしていても、同じ重さ、同じ濃さで一緒に子育てをしてはいないと恵美は思う。

ソファにどっかと深く座り、疲れた、疲れたを連発する誠に、サトルの躾《しつけ》の話を持ちかけた。

「そろそろ、きちんと躾もしていかないと……」

「そうだなあ。ま、あんまり深刻にならなくてもいいだろう」

「でも」

「他人に迷惑をかけるとか、ケガするとかじゃなければ、目くじらたてないでいいよ」

大あくびをしながら誠は言い、立ちあがって着替えに行ってしまった。

疲れて帰ってきたのだからしょうがないか……。そうは思うけれど、休日も「疲れた」「休ませて」と言うので、家で寝かせてあげるために恵美はサトルを連れて二人で出かけることも多い。

話くらいきちんと聞いてくれてもいいのに。

独り言を言ってから頭を振って気持ちを切り替え、誠の鞄やスーツを片づけていると、風呂場からお湯の流れる音が聞こえてきた。同じ家にいるのにその音は、妙に遠かった。

恵美の朝は忙しい。目を覚ましてから、ぼんやりする時間など一分たりともない。手早く顔を洗うと、すぐに食事の支度、洗濯、掃除を同時で始める。誠が起き出す前に朝食を、サトルが起き出す前に家事のほとんどを終わらせておかないと後が大変だ。

どうにか今日も無事に誠を送り出し、サトルと保育園に向かった。

今日はゴキゲンで出発できた。

いつも朝ご飯をぐずって食べないこともあれば、子ども向けのテレビ番組をもっと見たいとゴネることもある。そういうときは、朝から怒鳴ったり、叱ったりする。今日みたいにゴキゲンならいつも笑っていられるのに。

ふんふん、鼻歌を歌いながらサトルが手をつないでくる。柔らかくて、小さいお手々をつないで歩いていると、つい頬が弛んでしまう。拘束されるのが嫌いなサトルは、いつも手を振り切って走りだしたりするから大変なんだけれど。

保育園に向かう途中、工事中の道があった。

アスファルトをはがして、小さなショベルカーが土を掘り返している。歩道を通せんぼする形で工事が行われていて、車道に出て迂回しなくては通り抜けられない。車道には歩行者が通れるように仮設の囲いが作ってあるけれど、ときおり大きな車が通るとひやっとする。

「サトル、手をつないでいてね。危ないから」

そういって手を強く引くと、うん、とうなずいた。車が大好きで、特にダンプカーやショベルカー、ブルドーザーみたいな工事車輌に目がないサトルには、工事現場は危険ゾーンなのだ。

「ママ、ダンプカーだよ！」

サトルが手をぐいぐい引っ張る。

「引っ張っちゃやだよ。ここからちゃーんと見えるからね」

そう言いながら、サトルが狭くなった道路へ飛びだそうとするのを、ぐっと押さえていると、目の前から恵美たちと同じような年頃の母子がやってきた。

走り出そうとする男の子を引き留めて、母親が怒鳴りつけている。

「バカ、危ないでしょ」

「死んじゃうよ？　何にも考えてないんだから」

「周りを見ろって、言ってるでしょ、いつもいつも、アンタは」……。

目を三角にして怒る母親としょんぼりうなだれる男の子。

ああいうのは、やっぱりいやだなあ。

昔の父さんと自分を見るようで、胸の奥がイガイガといやな気分になる。手をきゅっと強く握ると、サトルが不思議そうな顔で恵美を見上げてきた。

恵美は目の前の母子を見ながら考える。

叱らないようにしているから、あんな怖いママになっていないと思うけど、どうなのかな。

ふと、思ったことが口をついた。

「ママのこと、怖いって思う?」

一瞬、ぽかんとしたサトルは、少しもじもじしながらうつむいた。

「……ちょっとだけ、怖い」

呟くような小さな声だったけれど、その言葉は恵美の胸に鋭く突き刺さった。

ごう、と音を立ててまた一台、ダンプカーが通り過ぎた。


保育園にサトルを預けてから、恵美は仕事に向かう。秋っぽい色の服装が目につくようになった通勤の人たちに混じって歩くと、頭が「ママ」から「社会人」に切り替わる。

恵美の仕事は薬局の事務だ。薬の注文や管理、健康保険の点数の計算が主な仕事。定時がしっかり決められていて、残業や急な変更がないので助かっている。慣れた仕事を淡々とこなしながらも、朝のサトルのひと言が恵美の胸の奥でチクチク痛む。

……怖いママになってたんだなあ。

付け焼き刃で叱らない、怒らないようにしても、あの父さんと同じなんだろうか。

今だって、恵美は父さんのことを怖いと思っている。

サトルを出産したときも、無事に出産が終わってから電話をしたら、翌日には福岡から飛んできた。孫の顔をみて少しは笑ったり、喜んでくれると思っていたけれど、いつものしかめっ面。

「よく頑張ったな」

と言ってはくれたものの、すぐに「これからが大変なんだぞ、わかってるか」と付け加えてきた。

何かにつけて月に一度くらいは連絡をくれるようになったので、嬉しくないわけではなさそうなんだけれど、よくわからない。

別に父さんは冷酷な人間でも、ただ厳しい人というわけでもない。なぜか恵美には厳しかったけれど、母とは穏やかな夫婦だった。口数が少なく、笑ったり、ほめ言葉をタイミングよく言ったりができる人じゃない。でも、ごくごく自然に母を思いやって諍いもなくやっていた。母を叱ったことなど一度しか見たことがないくらい。

突然のくも膜下出血で亡くなった母の納棺のとき。最後に棺の蓋を閉じる前、穏やかな母の死に顔をじっと見つめながら、父さんは顔をゆがめた。

「バカヤロウ、なんで死んじまうんだよ」

口の中でつぶやくような、うめきみたいなひと言。

きっと隣にいた恵美だけにしか聞こえていなかったと思う。まるで怒っている口調だった。

顔もいつも通りむすっとしたままで。

それが、父さんが母を叱った唯一のこと。

でも、恵美にはいつも怒ってばかりなのだ。子どもに「怖い」って思われて、嫌われて、避けられてまで、父さんはどうしてあんなに怒ったのだろう。

五時ちょうどに仕事が終わると、すぐに職場を出て保育園に向かう。

バスで一本、よっぽど道が混まない限り三〇分ほどで着く。もっと早く迎えに行ってあげたいと思うけど、なかなか難しい。

バスを降りると夕焼けで真っ赤に見える道を急いでいく。自然と足が速まる。保育園が見えてくるとほとんど駆け足だ。サトルのクラスの部屋の前にたどり着くと息が切れた。

保育士の先生に迎えに来たことを告げると、すぐに部屋からサトルを呼びだしてくれた。クラスのなかでお迎えをまっている子どもたちは、この時間だと五、六人くらいになっていた。

サトルは……。あ、いたいた。今日は大丈夫だったかな。

入り口に立つ恵美の姿をみつけたのか、満面の笑みでサトルが飛びついてきた。いつもいつも、この瞬間がたまらなく嬉しくもあり、寂しい思いをさせているのかとすまない気持ちにもなる。

思い切り抱きしめてから、保育士の先生に今日のサトルの様子を聞いた。

「今日、ちょっとケンカしちゃって……」と保育士の先生が、すまなそうに声をかけてくる。見るとほっぺにうっすらとひっかき傷ができていた。子ども同士のことだから、気にするほどではない。サトルに「痛かった?」と聞いたら、うん、とうなずいて、思い出してしまったようで、少しべそをかいた。

さっきまで、笑っていたと思ったら、もう泣いて。でもどうせすぐに元気にはしゃぎ出す。そんなサトルの姿を見ていると、恵美は怒ったり叱ったりで悩んでいるのが馬鹿馬鹿しくなる。

「よし、じゃあ夕ご飯は、サトルの大好きなカレーにしよう」

そう言うと、泣きべそのサトルの顔がぱっと晴れた。ほーらね。

保育園からの帰り道、サトルと二人でゆっくりゆっくり歩いていく。もう六時近く、たそがれ時で辺りはやや暗い。

手をつないで歩いていくと、朝にも通った工事の所にさしかかった。まだ工事は終わっていないようで、通行路を知らせる電灯がちかちかとともっていた。

物珍しげに眺めているサトルに「お手々つなごう、気をつけて」と言いながら歩いていった。

「ママ、あれみてあれ！　大きいダンプカー！」

サトルが指す方向から、ダンプカーが走ってきていた。電飾やいろいろなデコレーションがしてあって、派手な飾りのある車だ。それに興味をとられたのか、サトルがフラフラと道路に出ようとする。

「あぶないって」

手を引っ張った。けれど、恵美は段差につまずいた。その瞬間、するっと小さなサトルの手が抜けた。ちょうど仮設の囲いの一部が落ちていて、サトルがそのまま道路に飛び出しそうになる。

あ、やば……。

次の瞬間、後ろからクラクションが響いた。目をやるとトラックがすごいスピードで近づいている。全身の血が音をたてて引いた。

「サトルっ！」

大声を上げてサトルを追う。ほんの二、三メートルの距離なのに、スローモーションみたいに身体がゆっくりとしか動かない。

やだ、ちょっと待ってっ！

サトルの指先に手が届いた一瞬、恵美は力一杯引っ張り寄せた。

ごうっ。

轟音とともにトラックが通り過ぎたとき、身体を硬くしたサトルを恵美はしっかり抱きしめていた。そのまま、くたくたとしゃがみこんでしまう。

「バカっ！　いつも気をつけてって言ってるじゃない。なんで注意しないのよ、バカっ！　死んじゃったらどうするのよぅ……」

本当に危なかった。本当に危なかった……。

思わず手が出て、その後抱きしめて、こらえきれずに恵美は泣いてしまう。

抱きしめたサトルの柔らかさ、甘い匂いを感じると、事故にならなくてよかった。無事でいてくれてよかったと、心の底から思う。ぽろぽろと熱い涙が頬をこぼれ続けた。

思わず「バカ」などと言ってしまった。でも、叱らないとか、怒らないとか、躾とか、そんなことはもう、どうでもいい。

ややあって、サトルが神妙な顔でうなずいた。

「ママ、ごめんなさい。もうやらないから、泣かないで」

一生懸命、恵美にしがみつきながら、小さな手で頭をなでていい子いい子をしてくれた。

どんなに叱っても、怒っても、気持ちはきちんと伝わっていた。

胸の奥から温かいものがこみ上げてきて、恵美はまたサトルを強く抱きしめた。

帰り道、サトルはぎゅっと手を握って、一度も離すことはなかった。


夜更けになってから、霧のような冷たい雨が降り出した。

開けていた窓を全部閉めると、静かな家の中に時計の音とサトルの小さな寝息だけが聞こえる。

食事とお風呂、洗濯に明日の準備を終わらせた。帰ってきた誠ももう眠っている。

気になっていた本を読んでいた恵美はふと、今日の危うく事故になりそうだったことを思い返してページを閉じた。

ダンプカーのヘッドライトがぐんぐん近づいてきた瞬間、サトルを抱き寄せたとき、何も考えていなかった。ただただ必死で、なんとかしなきゃ、大切なサトルを守らなくちゃとそればかりで頭はいっぱいだった。

恵美はふと、高校二年生の夏に門限をやぶって叱られたときの父さんの顔を思い出していた。

……あのとき父さんも、すごく必死だった。

ちょうど、若い女性の行方不明がニュースになっていたころだった。あとで聞いた話では父さんはあちこちに電話を掛けて、「うちの恵美はお邪魔してませんか」と聞いて回っていたらしい。

マンガを取り上げられたときも、勉強はやっていても成績がぐっと下がっていたときのことだった。

あれから恵美も大学を出て、就職して、結婚して、子どもが産まれて……。

今だから冷静に考えられることがたくさんあった。恵美と同じ、父さんもまた必死だったんだ。母さんがいなくなってから、一人で娘をきちんと育てなくちゃ、と。

大切だから、本気で思っているから、怒ってしまう。大好きで、愛しくてしかたがないから、本気で怒るし、本気で泣くし、本気で笑う。

叱らないことも大切、子どもの成長のことを考えるのも大切。

……でも、もっともっと大切なことは……。

恵美はカーテンを開けて夜空を見上げた。いつの間にか雨が止んで、銀色の月が雲の間からきらきら輝いて見えた。

数週間後、久しぶりに父さんが福岡からやってきた。

玄関の扉をあけたら、サトルが「おじいちゃんっ!」と飛びついていく。

会わない間にまた老けた父さんの顔が、ぐにゃぐにゃに崩れている。厳しくて、無表情と思っていた父さんの顔が破れたように、とろけるように崩れた。

サトルを抱き上げた父さんの顔を見ながら、恵美は思い出した。

私の卒業式だったか、入学式だったか、そういえば、こんな顔を見たことがあったっけ。ずっと忘れていたけれど。

サトルが大きな笑い声をあげ、父さんも笑った。そして恵美も笑いながら心から思った。

怒って、泣いて、でもやっぱり笑った顔が一番だね、と。

始まりの木

特急電車とローカル電車とバスを乗り継ぎ、土居亮介《どいりょうすけ》は遠くに山々が望める町に降り立った。この町も地方都市の典型らしく、駅前よりも大型店が並ぶこの郊外のほうが活気があった。日本中のどこにでも見かけるアパレルメーカーやレンタルＣＤ店、薬局、スーパーのチェーンが道沿いに並び、ベビーカーを押した買い物客や学校帰りの学生たちで賑わっていた。

さて、どうするか……。スーツ姿でビジネスバッグを肩から提げた四十男の亮介は、どう見ても得意先回りのサラリーマンだ。しかしここに来た目的は別にあった。行くべきところは一つしかなかったが、そこに向かうのには少し勇気がいった。

十年ぶりに姿を見せた息子を見て、母はどう思うだろうか。怒り出すだろうか、呆れるだろうか、何しに来たと追い返すだろうか。そう考えると、気持ちがどんどん重くなっていく。しかし今の亮介には、母の家に向かう以外の選択肢はなかった。

観念したように一つ息を吐いた亮介は、家への道を歩き出した。

おかしいな……。住宅街の道を進むと、亮介は違和感を覚えてきた。昔、そこにあったはずの住居や店がなくなっているのだ。その場所がすべて空き地になっているのが気になった。

そして実家のある通りを曲がると目を疑った。家の土台だけが残っているところ、塀だけが残っているところ、まっ平らな空き地。そこには、戦争映画で見た空襲跡のような光景が広がっていた。道の奥にある古い家屋だけを残して、まともに建っている家がなかったのだ。その唯一残っている家の庭にクスノキの木があったので、そこが亮介の実家であることは間違いなかった。

「……？」

いったい何があったのだろうか？　信じられない思いで近づくと、「この土地は売らないよっ」と、庭から威勢のいい声が聞こえた。亮介はそっと門から覗き込む。

「とりあえず代替地を見てくださいませんか？」「しつこいっ」

何かのファイルを見せている若い背広の男に、母の悦子《えつこ》が草を刈っていた鎌を振り上げた。取れかかったパーマ頭や小太りの体は昔と変わらなかったが、なんだか一回り小さくなったようだった。

「おふくろ、どうしたんだよ」

亮介が思わず声を上げると、悦子がハッとこちらを見て顔色を変えた。

不動産会社の営業マンだと自己紹介した男にはとりあえず帰ってもらい、亮介は逃げるように家に上がる悦子を追いかけた。

「どうしたんだよ？　ここらへんの家に何があったんだよ？」

悦子は洗面所で手を洗い、居間の座布団に腰を下ろすと、「……色々あるんだよ」とやっと口を開いた。

三年前、この土地にアウトレットモールを作るという計画が立ち上がったらしい。町おこしにもなるし、代替地は隣町に開発された瀟洒な住宅街だったので、住民のほとんどが土地を明け渡し引っ越したという。しかし悦子だけは立ち退きを拒否していた。

どうしてみんなと同じようにしなかったんだ？　亮介は聞こうと思ったが、それが愚問に思えてやめた。

悦子には昔からちょっとあまのじゃくなところがあった。みんながやっていることでも、自分が腑に落ちないことは絶対にしなかった。町内会も、幹部が経費の一部を私用に使っていると知ると、入会を頑なに拒否したし、近所の主婦サークルにも参加しなかった。父が生きていたころは社交的な父が緩衝材になっていたが、それもなくなり母はますます意固地になっているのかもしれない。

「三年も前からなんて……どうして相談してくれなかったんだよ」亮介は文句を言うが、「ここは私の家だ。相談する必要ないだろ」悦子にきっぱりと返され、何も言えなくなる。

亮介は高校卒業後、ほとんど実家に帰っていなかった。そんな自分が当てにされていないことは十分に分かっていた。

「それでお前はどうしたんだ?」今度はそっちの番だと言いたげに、悦子はするどい視線を向ける。「なんで帰ってきたんだい?」

亮介は首もとのネクタイを緩めながら息を整えた。スーツ姿の亮介は、どう見ても家に泊りにくる格好ではなかった。「……仕事で近くまで来たから寄っただけだよ。明日、すぐに帰るから今日は泊まっていっていいだろ?」

「そりゃ構わないけど……」悦子は何か言いたそうにしたが、よいしょと立ち上がると台所に向かった。久しぶりの親子の対面なのに、近況報告も何もない。しかしそれは昔からのことだから、とりわけ驚くことでもなかった。亮介も立ち上がり、二階へ上がった。

二階にある亮介の部屋は、勉強机と本棚は高校のときのものがそのままあったが、私物はほとんど残ってなく、悦子の物置と化していた。部屋の隅にはむき出しのハンガーラックに、クリーニングのビニールカバーがついたままのコートやスカートが下がっている。

「参ったなぁ」部屋に入ると、亮介はぼやいた。

鞄の中に放ったらかしにしていたスマホを取り出すと、電源を入れてみる。着信リストには、会社の電話と上司の携帯番号がズラリと表示された。それを見ただけでも顔を顰《しか》めてしまったが、恐る恐る一件目の留守電を聞いてみると、「お前どこにいんだ!?　無断欠勤は減給対象だっ！　すぐに出社してこい！」とヒステリックに喚《わめ》く上司の声が入っていた。途端に亮介の胃が痛み、吐き気がこみ上げてくる。亮介は残りの着信メッセージをすべて削除して、スマホの電源を切った。

「ご飯だよ」しばらくすると、階下から悦子の呼ぶ声が聞こえた。台所に入った亮介は食卓を見て驚いた。焼き魚に野菜の煮付け、卵焼き、冷奴、きゅうりの糠漬け、赤ダシの味噌汁と、食卓には所狭しとおかずが並んでいたのだ。

「急に来たから何にも用意していないけど」

目をぱちくりしている亮介に、悦子がご飯をよそいながら言う。

ガス台には魚を焼いた網や、野菜を煮込んだ鍋があるから、どう見てもそれはすべて手作りのようだった。見た目も匂いも、出来合いのおかずには見えなかった。

「もしかして、これ全部作ったの？」それでも亮介は聞かずにはいられなかった。

亮介が子供のころ両親は共働きだったので、食卓にはいつもインスタント食品や冷凍食品が並んでいた。手作りの料理といったら、買ってきた野菜をカットしたものくらいだった。「仕事が忙しいから」と悦子は言い訳していたが、実は料理が苦手だったと知っている。どちらかというと父のほうがマメだったので、昔は主に父が家事をしていた。

「最近はずっとそうだよ。もう年だからちょっとは健康に気を使わないといけないだろ」

悦子にさっさと食べるように促され、亮介は茶碗を手に取り、おかずに箸を伸ばす。初めて食べたかもしれない母の手料理だが、どれも美味しく、たしかに悦子の言うように毎日ちゃんと料理を作り続けているこなれた味だった。

どうやら母は年をとってから生活態度を改めたらしい。亮介は台所の隣の居間を見回してみる。昔は畳の上に散乱していた新聞紙や小物類が整理されていて、苦手だった掃除もきちんとしているようだった。

しかし生活態度は変わったが、口うるさいのは相変わらずだった。

「おかずばっかり食べない」「音を立てて食べない」「テーブルにひじをつかない」久しぶりの親子の食事だというのに、亮介の一挙手一投足にいちいち文句を言ってくる。こんな母だったから、一緒に暮らせないと思い、家を出たのだ。亮介は昔を思い出し、うんざりした。

「それでこの家、どうするんだよ?」さっきははぐらかされた家の立ち退き問題を亮介は蒸し返した。

「……」悦子は答えず、黙々とご飯を口に入れる。

そんな母を見つめ、亮介は小さく息を吐いた。周囲にほとんど家が残っていない、こんないびつな場所で暮らしていけないことは、母にだって分かっているはずなのだ。どこかで覚悟を決めないとと思っているのだが、きっとまだそれが納得いってないのだろう。


食事を終えると、亮介は再び自分の部屋に戻った。

ザワ、ザワ、ザワ……。

部屋でぼんやりしていると、葉がこすれあう音が聞こえた。周囲に家が無くなったせいか、風の音がやけに響いた。

亮介はカーテンを開けて門の前に立っているクスノキを眺めた。クスノキは二階の屋根あたりまで伸びていて、大きく枝葉を広げていた。

この木は亮介が生まれたときに記念樹として植えた木だった。

息子の健やかな成長を願って両親が植えたけど、自分は全然その通りに育てなかった……。

重苦しい気持ちが胸に沸き、亮介はカーテンを閉めると、畳の上にゴロリと横になった。目を閉じると頭の中に、今朝の光景が浮かんでくる。

今朝、亮介はいつものように起き、スーツに着替え、アパートを出た。いつものように満員電車に揺られ、オフィス街の駅のホームに降り立った。会社はそこから歩いて数分のところにあったが、道を歩いていると、亮介は突然体に異常をきたした。呼吸が荒くなり、鳥肌が立ち、足が動かなくなった。

いやだ、いやだ……。

自分の中のもう一人の自分が、必死に叫んでいた。

途端に亮介は踵を返し、駅へと戻った。そのままターミナル駅に行き、実家へ向かう特急電車に飛び乗ってしまったのだ。

「会社を辞めよう。おふくろに事情を話して実家に帰ろう」

電車の中でも、バスの中でも、ここに来る道すがらもずっと考えていた。でもいざ家に戻り悦子と顔を合わせると、その気持ちが萎えてくる。あの母とまた暮らしていけるのだろうか？しかも家はこんな状況なのだ。こんな場所でどうやって生活していくというのだ。

また胃の奥がキリキリと痛くなってきて、亮介は顔を顰めた。

その夜は雨が降っていたらしい。久しぶりに熟睡し、夢の中で心地よい雨音を聞いていた亮介は、自分の額に水滴が落ちていることに気づいて目を覚ました。薄日が差し込んだ天井に目をやると、自分の真上に楕円のシミができている。天井から雨漏りがしていたのだ。

「何で雨漏りするって教えてくれなかったんだよ」亮介が文句を言いながら階下に下りると、ブラウスにカーディガン姿の悦子が居間で化粧をしていた。

「出かけるの？」「仕事だよ」

悦子はかつて夫婦で薬局を営んでいたが、父が亡くなってから店は畳んでいた。たしかその後、近所のドラッグストアでパートで働いていたはずだった。

「あんた、今日東京に帰るのかい？」

「えっと……」亮介は口ごもった。「昨日、仕事が一段落して、ちょっと休みが取れることになったから、明日までここにいるよ」

「そう、じゃあ、屋根を直しといてよ」

「ええっ？」

「また雨漏りしたら困るだろ？」

悦子は雨合羽を羽織ると玄関を出て、自転車に乗って行ってしまう。

なぜ母はいつもあんな風に、自分勝手なのだろうか。ふて腐れて居間でテレビを見ていた亮介だが、昼過ぎに雨が止んだので、仕方なく屋根の様子を見ることにした。亮介は昔、住宅リフォーム会社で働いていたこともあったので、家の修理の仕方は多少心得ていた。

大工道具を持って屋根に上がると、はるか向こうに建つ家が、重機で壁を壊されているのが見えた。屋根の瓦はところどころ盛り上がっていて、中には破損しているものもあった。雨といは歪《ゆが》んでいるし、壁の塗装は剥《は》がれているし、見るからに家はかなり傷んでいるようだった。

こんな家にいつまで住む気なんだろう……。

亮介は、ふと、瓦の間に挟まっていた野球ボールに目が留まる。それは亮介が少年時代にキャッチボールをしていて、屋根に乗せてしまったボールだった。

「懐かしい……」泥のついた軟式ボールを見つめると、母がこの家を離れたくない気持ちがなんとなく分かってくる。この家は悦子が結婚したときに建てた家だった。きっと母は父との思い出が残る家を壊したくないのだろう。

「お手伝いしましょうか～？」元気な声がして下を見ると、庭に昨日の営業マンが立っていた。たしか、中川という男だ。亮介が答える間もなく中川ははしごを上ってきて、「昨日はどーもー」と人懐こい笑顔を向ける。

「うわ～やっぱりだいぶ傷んでましたねぇ」中川はスーツのましゃがみ込み、瓦をチェックし始めた。

「あんたはこの家を直さないほうがいいんじゃないの？」やけに協力的なので亮介が聞くと、

「まあ、本当はそうなんですけど、やっぱり傷み具合を見てると気になっちゃって……」中川は苦笑した。どうやら憎めない奴のようだった。

「立派な木ですよね」クスノキを見て中川が感心するので、「樹齢四十三年だよ」亮介は自分が生まれた年に記念樹として両親が植えてくれた木だと説明する。

「へぇいいですねぇ、僕もやってみようかな、うち、今年二人目が生まれたんですよ」聞いてもいないのに、中川は地元の高校を卒業して不動産会社に就職し、二十のときに結婚、二十五のときに家を建て、現在は二十八で子供が二人いると教えてくれる。

「へぇ……」亮介は思わず感嘆の声を漏らした。若いのに一家の主《あるじ》で、こんな大変な仕事をちゃんとこなしているなんて、たいしたもんだと思う。

緩やかな風が吹き、クスノキの枝が左右に大きく揺れた。亮介はそれを見ると、落ち着かない気持ちになる。

〝それに比べてお前はどうなんだ?〟と、クスノキから責められている気がした。

しっかり根を下ろし、すくすくと立派な人間に成長してほしい。きっと両親はそう願ってクスノキを植えたはずなのだ。ちゃんと仕事をして、結婚して、子供を育て、中川のような人間になってほしかったはずだ。だけど今の自分は真逆な人生を歩いてしまっている。

「こんなもん植えるもんじゃありませんよ」

亮介に卑屈な気持ちが沸いてきて、ついそう言ってしまった。

「この木はお前が生まれた記念に植えたんだ」子供のころ、両親からそう聞かされたときは嬉しかった。クスノキの成長と競うように自分も大きくなっていった。この木を兄弟のように思っていた。しかし成長するにつけ、亮介はだんだんこのクスノキの存在が疎ましくなっていった。勉強もスポーツも苦手、集中力もない亮介は、地道に頑張るということが一番自分に向いていなかった。何かを始めては挫折する亮介を、父は静かに見守ってくれていたが、母にはそれができなかった。「この木みたいにしっかり根を下ろして地道に頑張るんだ」いつもこのクスノキを引き合いに出し、プレッシャーをかけていた。それで亮介はますますやる気を無くしていった。

親の期待に何も応えられない亮介だったが、一つだけ、期待に添えたいと思うものがあった。薬剤師になって父の経営する薬局を継ごうと思ったのだ。

高校三年のときに薬学部を受験したが合格できなかったので、亮介は上京して予備校に通いながら薬学部を目指した。しかし二浪しても受からず、いつの間にかフリーター生活を始めるようになり、そのうち大学進学も薬剤師も諦めてしまっていた。その後ろめたさから実家には帰れなくなった。

東京でフリーター生活を続けていた三十三歳のとき、父が突然、心筋梗塞で亡くなった。もともと大手ドラッグストアに押されて経営難だったところに、薬剤師である父が亡くなったので薬局は閉店することになってしまった。

自分が薬剤師になっていたら薬局を潰さずにすんだ……亮介は申し訳ない思いから、せめてもの罪滅ぼしに、悦子の面倒をみようと思った。東京のアパートを引き払い実家に戻ってきた亮介を、悦子も喜んで受け入れてくれた。しかし二人の生活が上手くいったのは最初の数週間だけだった。

あまのじゃくで口うるさい悦子とはそりが合わなかった。ダラダラ寝てないで家事を手伝え、酒は飲むな、タバコを吸うな、夜遊びはするな、何かするたびに文句を言ってきた。その険《けん》のある言い様は、お前のせいで薬局が潰れたと、責められているような気がした。また、悦子の料理はインスタントばかりで美味しくなかったので外食が多くなり、家には寝に帰るだけになった。

そして顔を合わせれば口論するようになり、「口ごたえするなら家を出ていきな！」と悦子に言われ、売り言葉に買い言葉で、亮介は再び家を出たのだ。やはり地方では求人が圧倒的に少ないし、母に文句を言われる窮屈な暮らしより、東京で暮らすほうが楽だという思いもあった。

「あんたっそんなところで何やってるんだっ！」ふと見ると、門のところで悦子が目を吊り上げていた。「勝手に家に上がるんじゃないよっ！」

「す、すみません」「この人は手伝ってくれたんだよ」中川とはしごを降りながら亮介は説明した。

「出てけっ！　勝手に家に入るんじゃないよ！　警察呼ぶよ！」

悦子は中川の腕を掴むと、突き飛ばすように門の外に追い出した。

「ひどいじゃないか、一緒に屋根を直してくれたんだぞ」

「何言ってんだい、もう騙されたのかい？」

「騙すって……ちょっとは話を聞いてあげればいいじゃないか。一生懸命やってんだから」

「ほんとにあんたは単細胞だね！　だからダメなんだよ」

「そんなんじゃないよ、どうせこんなところでいつまでも暮らせないんだから、ちょっとは前向きな話をしろってんだよ」

「そんな必要ない！」

さっさと玄関に上がる悦子を亮介は追いかけた。

「今日見たけど、こんな家、長くはもたないよ。あちこち痛んでいるし、新しい家に引っ越したほうが絶対にいいよ。いつか出なきゃいけないんだから、早く決めたほうがいいよ」

「うるさいっ！　あんたはさっさと東京に戻りな！」

「……明日には帰るよ」亮介が言うと、「……」悦子は黙ってしまった。やっぱりここでは暮らせない、亮介はため息を吐く。

そのとき家の電話が鳴った。

「え、亮介ですか?」電話に出た悦子が、こちらを見て顔色を変えた。亮介は足元からスッと力が抜けるのを感じた。会社から電話がかかってきたのだ。そういえば履歴書に実家の電話番号を書いていた。

まずい、全部ばれてしまう。亮介は逃げるように二階に上った。


十年前、悦子との同居をやめて東京に戻った亮介は、また新しい仕事についた。しかしやはり長続きしない性格が災いして、ちょっとでも嫌なことがあったり、もっと自分に向いている仕事があるのではと思うとすぐに会社を辞めてしまった。そのせいで四十近くになると、手に職もなく、短期間で転職を重ねる職歴で、だんだん仕事につけなくなっていった。

このままではいけない、と思いながらもどうしようもできず、亮介は将来のことを考えると眠れなくなり、胃が痛くなっていった。

何社かの不採用が続いたあと、今の消費者金融の会社が採用してくれた。消費者金融というと取り立ての怖いイメージがあるが、そこは割と良心的な会社で残業代はきちんと出るし、無理な労働を強いたりはしなかった。亮介はここに腰を据え、頑張っていこうと思った。

しかし二年前、外資系の会社に買収されてから状況が一変してしまった。社員に厳しいノルマを課し、それが達成できないと、土日も休まず仕事をさせられた。債権回収部門の仕事を任されていた亮介は、毎日会社と顧客の家を往復するはめになった。体力的にも精神的にもきつかったが、会社は辞められなかった。ここを辞めてしまったら、もう働くところは見つからないのでは、という不安があった。そして忙しくて、とてもじゃないが転職活動をしている暇もなかった。

常に胃が痛み、眠れない日々が続いた。ノルマを達成できないと怒られ、働きすぎて昼も夜も土日もわからなくなり、だんだん毎日夢の中にいるように感覚が鈍っていった。そして昨日、もう二ヶ月も休みなく働いていることに気がつくと、亮介は衝動的に特急電車に乗ってしまったのだ。

母にすべてばれてしまった。いや、ここに来た限りはいつかは話さなければいけなかったのだが、こんな形で知れてしまうとは……。頭痛がして息苦しくなり、亮介は慌てて鞄の中を探った。中には病院で処方してもらった薬が入っている。

「亮介」

いつの間にか入り口に悦子が立っていた。亮介はビクリと体を震わせる。そのはずみで薬局の袋を落とし、薬が入ったアルミシートが乾いた音をたてて畳の上に散らばった。

薬の束を見た悦子は、亮介より先にそれを拾い、一つ一つの品名を確認した。胃薬、整腸薬、睡眠薬、精神安定剤……長年薬局に勤めていたから品名を見ただけで何の薬なのか分かるのだ。全部、精神的ストレスの病《やまい》に対する薬だった。

「最近、そういうのを飲んでないとやっていけないんだ……」

母に聞かれる前に、亮介は話し出した。東京で頑張っているけど、仕事が全然上手くいかないこと。昨日は衝動的に会社に行かずこっちに帰ってしまったこと。薬に頼っていないと何もできないこと。

「……」

悦子は何も言わず、険しい顔で亮介を見ていた。その目が哀れみに満ちていて、亮介は思わず目をそらした。母にそんな目しかさせられない自分が情けなかった。薬局も継げず、仕事もできず、結婚もせず、親の期待に何も応えられないダメな自分……。

悦子はそのまま背中を向けて、階段を下りて行った。もう怒りもしなかった。亮介はみじめな思いに駆られた。自分にはもう叱られる資格さえないのだ……。

ギイ、ギイ、ギイ。

何かを挽く音が聞こえ、亮介は窓の外を見た。なんと、悦子がノコギリでクスノキを切っていたのだ。

「おふくろ！　何やってんだよ！」

亮介は慌てて家を飛び出した。しかし悦子は振り向かず、黙ってノコギリを挽いている。

ああ、そうか……。亮介はみるみるうちに力が抜けていった。

おふくろは、こんな自分と親子の縁を切る気なんだ。だから記念樹を切っているんだ。

「ちゃんと感謝を込めて切ってあげればこの木も成仏してくれるだろう」

悦子が背中を向けたままポツリと言った。

「え……？」

「ここを明け渡したらいずれ切られてしまう、だったら私ら家族が切ってあげたほうがいい」

「おふくろ……」

「あんたと暮らすならこんなボロ屋より新しい家のほうがいいだろう？」

亮介は耳を疑った。母が自分と暮らすというのか？

「ああ、疲れた、代わってくれ」亮介がポカンとしていると、悦子からノコギリを渡される。

亮介は戸惑いながら、ノコギリの柄を握った。

母は自分と暮らすためにこの家を売るというのか……。

恐る恐るノコギリの歯を幹の切り込みに入れて、挽く。ノコギリ歯の振動が腕に響いた。

この木は亮介の兄弟同然だった。父も母もこの木を大切にしていた。台風が来たときは倒れないようにと、枝をロープでくくって守った。楽しいときも悲しいときも、この木に報告して気持ちを分かちあった。この木は亮介の分身だった。

亮介は自分の体が切られるように、胸が痛んだ。

すると、背後から鼻をすする音が聞こえた。

悦子が泣いていた。父の葬儀のときでさえ泣かなかった気丈な悦子が泣いていた。悦子にとってそれほどこの木は大切だったのだ。

「やっぱり切れないよ」亮介はノコギリを外した。

きっと亮介が傍にいてやれなかったから、母はこの木を息子のように大切にしていたのだ。ここを立ち退かなかったのは、この木を守りたかったからだ。

「そんなにやつれちゃってさ……あたしがお前をそんな風にしちゃったんだね」

母の言葉に、亮介はハッと顔を上げる。悦子は亮介のやつれた後ろ姿を見て、泣いていたのだった。

「クスノキは成長が遅いけど、最後に立派な枝ぶりになる。子供は大器晩成でいい。そう願って父さんがこの木を選んだのに……こらえ性のないあたしがお前を追い詰めちゃったんだね」

「違うよ、俺が悪いんだよ」亮介は泣き崩れる悦子の肩を抱きしめた。「何一つ母さんの期待に応えられなかった俺が悪いんだ」小さくなった母の体が腕の中で震える。

亮介は、昨夜食卓に並んだ豪華な食事を思い出した。きれいに整頓された部屋を思い出した。きっと母は自分が出て行ったあと、料理を覚え、掃除をするようになったのだ。今度、息子が帰ってきたときに、ちゃんと迎えられるように。家事の苦手だった母が、必死にそれを克服したのだ。そして、ずっと、ずっと、自分が帰るのを待っていてくれたんだ。

「一緒に暮らしていいかな?」亮介が言うと、悦子はコクリと頷いた。

もう一度、母とやり直そう。亮介は再びノコギリを手に取ると、深く息を吸った。

亮介は幹にノコギリを入れると、一心不乱に挽いた。

今までありがとう、母を守ってくれてありがとう、今度は俺が守るから、心の中で何度も何度も呟いた。

「この木から枝を取って、新しい家の庭に植えよう」亮介が後ろで見守る母に話しかけると、

「新しい記念樹だね」悦子が涙を拭いながら微笑んだ。

ママを幸せにできるパパのこと

「今日からパパ、専業主夫になるから」

そんなおかしなことを家族の前でパパが言いだしたのは、確か秋のはじめ頃だったっけ？　ママがお気に入りのピンク色のカーディガンを着ていたから、たぶんそれくらいの季節だと思うんだ。

それまで単身赴任で家にいなかったパパが、突然の『専業主夫宣言』。

朝食の時間、それを聞いたママは別に驚くでも怒るでもなく、バターを軽く塗っただけの味気ないトーストを静かに食べ続けてたよね。

「せんじょうしゅふ？」四歳になる弟の星也《せいや》が聞いた。わからないよね、パパがちゃんと説明しないと。わたしだってわからないんだから。

「ちがうちがう。せんじょう、じゃなくて、せんぎょうしゅふ」とパパは訂正した。「おうちのことは、これからママの代わりにパパがやるんだ」料理から掃除、洗濯、星也の保育園の送り迎えまでなんでもやるからな、と自信満々にパパは言ったよね。

要するにいつもママがテキパキとこなしていたことを、ぜんぶパパがやるわけでしょ？

あーあ、残念だけどそれはムリだよ、とわたしは思った。

だってパパはおっちょこちょいでうっかり屋さんで、そのくせ大きいことばっかり言って、けっきょく最後に失敗するんだもん。

ここは娘として反対したほうがいいかな、でも……。

「美久《みく》、早く食べて学校行くのよ」パパの話をさえぎるようにママが言ったの。

そのママの言葉で、パパのやる気に満ちた声が一気にトーンダウンして、しまいには黙っちゃったよね。

なるほど、ママもきっと反対なんだと思った。基本的にうちでは誰もママに逆らわない。だって怒ると恐いし説教も長いから、逆らうとかえって面倒くさくなるだけだもの。

だから家族の中心はいつもママ——のはずだった。

テキパキと料理を作り、洗濯をし、掃除をしてくれるママ。でもそれは、一ヶ月前までのはなし。

この頃のママは、なにもできなくなってしまったの……。

もう一度、元気なママに戻ってほしい。大きな声で怒ったり、笑ったりしてほしい。でもそのためには、なんとかパパにがんばってもらわなきゃ。

だけどゴメンねパパ。専業主夫なんて、やっぱりパパには向いてないよ……。

「あちゃー、またやっちゃった」

いつものように台所から悲痛な声が聞こえた。パパだ。『専業主夫宣言』をしてから、保育園へ通う星也のお弁当を作るようになったのはいいけど、思った通りうまくいかない。

パパはインターネットでレシピを確認しながら、卵焼きやハンバーグを作る。だけどいくらレシピ通りに作っても、焦げたり、味がしょっぱかったりと失敗してばかり。

「ゴメンな、星也。明日こそもっとうまく作るからな」なんて苦笑いしながら、星也にお弁当を持たせていたよね。星也は四歳のくせに味にうるさくて、よくクレームをつけていたから。小学生になれば、そこそこおいしい給食が食べられるんだけどね。

パパは几帳面な性格だけど、がんばればがんばるほど裏目に出てしまうタイプでしょ？　掃除や洗濯にしても、ほとんど機械がやってくれるから安心、というわけじゃない。たとえば、お風呂場のカビを落とそうとがんばりすぎて、漂白剤で気分が悪くなって倒れたり、ニットのセーターを乾燥機に入れて、まるで犬が着るみたいに小さく縮めてしまったりと失敗の繰り返しだったよね。

「あちゃー、またやっちゃった」そう、これがパパの決まり文句。慣れない家事をするパパは、本当に見ていて危なっかしい。

ママのためにも、まだまだパパにはがんばってもらわないといけないのに――。

ママの体調がおかしくなったのは、パパが『専業主夫宣言』をする一ヶ月くらい前かな。いきなり大きな声を出したと思ったら、みるみる泣き出して……。その後もずっと、どんよりした雲がかかったみたいに暗い顔で、一日ベッドで寝ていることが多くなった。

そんな状態でもママは、なんとか家事をこなして、わたしと星也のためにご飯を作ってくれたんだ。星也のお弁当も、パパが作るのと違ってとてもおいしそうだったよ。

だけど、やっぱりママは苦しそうだった。

水が入ったコップに小さな穴が開いて、そこから一滴ずつ雫が漏れ出るみたいに、今までできていたことが、だんだんできなくなっていったの。

ママは部屋からあまり出なくなって、ゴミや洗濯物が溜まっていった。ご飯だけは用意してくれたけど、コンビニのお弁当が多くなったんだ。

「このお弁当、味がしないね」とママはよく言っていた。そんなことないと思ったけど、ママの暗い顔を見ていたら、本当に味がしない気がした。

ママはもう、昔のママじゃなくなっていたの……。

ちょうどその頃だね、パパが単身赴任先の福岡から家に帰ってきたのは。

最初は家族の様子を見るために、土日の間だけ帰る予定だった。だけどパパは家の中を見て、これはただごとじゃないと思ったんじゃないかな？　だって、いつもは隅から隅まで綺麗に片付いている部屋が、散らかり放題だったんだもの。

だけどなによりびっくりしたのは、ママのことだった。

寝室で寝込んでいたママを、パパは慌ててタクシーに乗せて病院まで連れて行ったよね。パパのあんな真剣な顔を見たのは、生まれて初めてだったと思う。

ママはどんな病気なのか、わたしには詳しくわからない。パパは心の病気なんだって言ってた。ちゃんとお薬を飲んで、時間が経てば良くなるって。

でも一番のお薬は、家族みんなの支えなんだってことも——。

「だいじょうぶ、ママはきっと良くなる。パパがなんとかする」

わたしたちより、自分に言い聞かせるようにパパは何度も言っていたね。わたしはちょっとだけ、パパのこと頼もしいと思ったよ、本当に。

そして次の週、パパがたくさんの荷物と一緒に家へ帰ってきた。

まさか会社を辞めるなんて思ってなかったけど、素直にわたしは嬉しかったんだ……。

パパが専業主夫になってからしばらく経っても、ママの体調はあまり変わらなかったよね。ときどきパパとママの寝室から、ふたりがケンカしている声が聞こえてきた。といっても、パパは決して怒鳴ったりせず、ママから文句を言われっぱなしだったけれど。

「仕事やめてどーするつもりなのよ！」とママが怒鳴る。

「そーだなぁ。いっそ畑でも買って自給自足でもするかな」穏やかな口調でパパが言うと、それがかえってママを怒らせる。

「これ以上、わたしを不安にさせないでよ……」そう言うママの声が震えてた。

ふたりとも辛いと思うけど、ケンカを聞いているわたしも辛いんだよ。

そもそもパパとママは、あまり仲が良いとは言えなかったよね。

単身赴任中、パパが家に帰ってくるのは、一ヶ月に一回だった。仕事が忙しいときは、二ヶ月に一回。そのぶん、わたしとしてはパパが帰ってくる日が楽しみでしょうがなかったの。だって、口うるさいママと違って、パパはいつも優しいし、好きなオモチャも買ってくれたしね。

でもママは違った。パパが帰るたびに文句を言ってた気がする。

あれはわたしが春休みのときだったかな？　パパはディズニーランドへ連れて行ってくれる約束で帰ってきてくれたよね。そのときも、ママはここぞとばかりに文句を言ってたのを覚えてるよ。

「あなたは気楽でいいわよね。家のことなんか、わたしにぜんぶ任せとけばいいと思ってるでしょ?」とママがチクリ。

「思ってないって。これでも他の同僚より家に帰ってきてるほうだぞ?」

「あっそ。じゃあ移動販売のメロンパン買ってきてよ」

「メロンパン? おい、美久。移動販売のメロンパンってなんだ?」助けてくれと言わんばかりに、パパはわたしに聞いたよね。

そうそう、移動販売のメロンパン。それは月に一度だけ、この町内まで車でメロンパンを売りに来るパン屋さんのこと。とても美味しいと評判で、ママの大好物だった。だけどこのパン屋さんというのが神出鬼没で、月に一度の何曜日の何時に来るかは店長さんの気まぐれだったの。

それをたまにしか帰ってこないパパが買えるわけないよね。これはママ流のちょっとした意地悪だったんだ。

「そんなの買えるわけないだろ。わがまま言うなよ、子供じゃあるまいし」とパパがぼやいた。

でも誤解しないでね、パパ。ママはきっと寂しかっただけなんだよ。パパにいてほしかっただけなんだから、怒っちゃダメだよ。

秋の午後。パパはいつも家事の合間に、近所にある小さな公園にやってくる。高い木に囲まれているから、この季節は落ち葉がいっぱい。ここは、わたしが小さい頃からパパとバドミントンをして遊んだ思い出の公園だね。たまにママや星也も来て一緒に遊んだっけ？

けれど最近は、明らかに疲れた顔をしたパパが、一人でベンチに座っているのをよく見かける。じっと動かず、なにか考えごとをしているみたい。その疲れた顔が、一瞬ママとだぶって見えた。

わたしはパパがママみたいにならないか心配。でもそれだけは絶対にダメ。

ママを助けるのはパパ。約束なんだから……。

ある日——パパはいつものように公園を出ると、保育園まで星也を迎えに行った。その帰り道、ちょっとした騒動があったよね。

パパが目を離した隙に、星也が横断歩道に飛び出して、自転車とぶつかっちゃった。

星也はちゃんと青信号で渡ったんだけど、自転車が止まってくれなかったみたい。

ドンッとぶつかって転んだ星也は、幸いにも膝小僧を擦りむく程度の傷で済んだんだけど、驚いたのは、星也よりもパパの慌てぶり。

「だいじょうぶか、星也？　だいじょうぶか？」

顔色を変えたパパは、星也を強く抱きしめたまましばらく動かなかった。まるで、大切な人形をいつまでも離さない子供みたいに。自転車に乗っていた人の謝る声も耳に入らない様子だった。それくらい必死だったんだね。

かたや星也は、パパの腕のなかでケロリとしたまま、「パパ、だいじょうぶだよ。恥ずかしいよ」なんて言ったんだ。

偉いね星也、強くなったんだね。つい去年までは、小さなカスリ傷だけでも泣いていたのに。でもね、気をつけなきゃダメだよ。パパとママは今、大変な時期なんだから、余計な心配かけないで……。

だけど一番大変だったのは、その後だったね。

夕食を食べ終わった頃——おそるおそるパパはママに星也の事故のことを一部始終話した。するとママはスイッチが入ったように怒り出したの。わたしが今まで見たなかで、一番恐い顔だったかも。

「おかしいでしょ？　アナタがいて、なんで星也がケガするのよ！」

「ゴメン……」パパは謝るのに精一杯で、なにも言い返せなかった。もちろんパパだけの責任じゃない。なのに言い訳ひとつせず、ママの文句を受け止める姿がとても誇らしかったよ。

やがてママは一通り文句を言い終わると、スッと椅子から立った。そしていきなり星也の頬を叩いたの。

「車にだけは気をつけなさいって、あれだけ言ったでしょ！　なんで分からないの！」

ママの怒った顔と頬の痛さにびっくりした星也は、大声で泣き出しちゃった。

「おい、いい加減にしろ！」思わずパパはママを止めに入ったよね。だけどママはパパの手を必死に振りほどいて言ったの。

「なんなのよ、なんでこうなるのよ。美久もさっさとご飯食べて宿題やってよ！」

ママは悲しそうな目で、わたしの席に用意された夕食を見つめていたね。

「美久の料理を作るのは、今日で終わりにしよう」とパパは言った。

「なんでよ？……だって美久、まだご飯食べて……」だんだんとママの呼吸が荒くなってくる。

ママの周りの空気だけが、一気に薄くなっていくみたいだった。

「落ち着いて、ママ」パパはそっとママの肩に手を置いて言ったの。

「美久はもう、いないんだよ……」

今年の夏――それはわたしにとって最後の夏だった。

来年も、再来年も、当たり前のように夏はやってくると思ってた。家族や友達とずっとずっと一緒にいるものだと思ってた。

だけど残念ながら、わたしに夏はもうやってこないんだ。

単刀直入に言うと、わたしは交通事故で死んじゃった。

自分の不注意だから仕方ないけれど、やっぱり悔しい。だってあんまりだと思わない？　わたしまだ小学三年生だよ？　まだまだやりたいことだって、見たいものだっていっぱいあったのにね。でも、そんな文句ばかり言ってられないの。

わたしが気になるのは、やっぱりママのこと……。

ママが心の病気になったのは、ぜんぶわたしのせい。ママはわたしがいなくなってから、いっぱい悲しんでくれた。もちろんパパも、星也も、学校の友だちも悲しんでくれたけど、ママの悲しみだけは、いつまでも消えてくれなかったの。人一倍気が強くて威勢のいいママだから、弱くなることに慣れてないのかもしれないね。

そんなママを助けてあげたいと思ったけど、わたしにはそれができない。もう手を伸ばしても届かなくなっちゃったから。

わたしにできるのは、ママやパパ、星也を見守ることだけ。

だからお願いパパ、なんとかママを助けてあげて……。

ママが星也の頬を叩いてから一週間が経った。その間に変わったのは、わたしの席に食事が用意されなくなったこと。あの夜、パパがママをやさしく説得してくれたよね。ママの話にじっくり耳を傾けながら、小さな子供に言い聞かせるように。わたしがいなくなった現実をちゃんと受け入れなきゃダメなんだよって。

そしてママは、わたしの食事を用意しないって決めてくれたの。わたしとしては、これだけでもかなりホッとしたんだ。だってパパがわたしの食事を用意するたびに、いつも辛かったから。パパは残ったわたしのぶんを、あとでこっそり食べていたよね。

ママを気遣って、見つからないようにひとり台所で——。そんなパパの姿を見なくなったことは、おおきな、とてもおおきな一歩だと思うの。

パパが説得したあと、ママはか細い声で呟いた。

「美久……ママ、寂しいよ」

わたしだって——ママの言葉に、ついそう答えたくなる。ママに抱きつきたくなる。ママに叱られたくなる。だけどやっぱり、わたしにはできないの。

そんなわたしの代わりに、パパはママの手をやさしく握ってあげたんだ……。

それから数日後、パパはいつものように公園のベンチに座っていた。相変わらずなにか考えごとをしてるみたいだった。

たまにわたしと同じ歳ぐらいの子を見かけると、パパは遠い目でその子たちの姿を追っていた。ほんの数ヶ月前まで、パパと一緒にこの公園で遊んでたんだよね。わたし以外の時間だけが、あっという間に通り過ぎていく。

「美久?……」と不意にパパがわたしの名前を呼んだ。どうやら、わたしと似た背格好の女の子を見て勘違いしたみたい。パパは間違いに気付くと、がっくり肩を落とした。わたしのせいで寂しい思いをさせたのはママだけじゃない、パパだってそう。でもね、もしわたしが生きていたら、なんてことは考えないで。考えたって、きっと誰も幸せになれないと思う……。

突然、ベンチに座っていたパパの目の色が変わった。

公園前の路肩に停まった一台のワゴン車――パパは見間違いじゃないことを確かめるために、何度もまばたきしていたね。

パパの視線の先にあるものを、わたしとママはよく知っていたんだ。

『街の手づくりメロンパン号』

黄緑色の大きな字でペイントされたワゴン車から、甘くて香ばしい匂いがする。秋風の冷たさも忘れて、人を幸せな気持ちにさせる温かな匂い。パパはここでずっと待っていた。忙しい家事の合間を縫って、ひとりでこのときを待っていたんだね。

あれに間違いない――そう確信したパパは、素早く立ち上がった。そしてママが大好きだったメロンパンに向かって走り出したんだ。

実はこの公園、神出鬼没の『メロンパン号』が出没する特別な場所だったの。

そして、この公園の近くでわたしは事故に遭ってしまった――。


あのとき、わたしも『メロンパン号』に向かって走っていたの。でも公園前の横断歩道を、信号もちゃんと確かめずに渡っちゃった……。

バカだね、わたし。そそっかしいところは、きっとパパに似たんだよ?

偶然にもその日は、パパが単身赴任先から帰ってきている日だった。わたしは学校が終わると、それはもうウキウキで帰り道を急いでたんだ。少しでも早く、パパに会いたかったの。そしていっぱいお喋りしたかった。ついでに何をおねだりしようかな、なんて考えながら公園の近くまで来たとき、あの『メロンパン号』を見つけたの。

そこでパッと閃いたんだ。メロンパンを買って、こっそりパパに渡してあげようって。もちろん、パパにママのご機嫌を取ってもらうためにね。

今となれば余計なことしちゃったね。変にしゃしゃり出なければ、わたしは死なずに済んだんだから。

でもいいの。パパとママの仲さえ良ければ、わたしはそれでいい……。

走ってきたパパが『メロンパン号』に飛びついた。ドアを開けたところに、焼きたてのメロンパンが並んでいたね。ずっと車のなかに閉じ込められていたいい匂いが、一気に外へと溢れだしていて、パパはまさしく蜜に誘われた蜂のようだったよ。そばにいた店長さんは何事かとびっくりしてたよね。こんなに切羽詰まった顔で買い物するお客さんなんて、たぶんいないと思うから。

「どうかされましたか?」と思わず店長さんがパパに聞いた。

「これメロンパンですよね?」

「そうですが」

「ください。全部ください!」とパパが叫ぶように言った。

「ええ? あの、ゴメンなさい。他のお客様のぶんもありますので……」困った顔で店長さんが答えた。

「じゃあ売れるぶんだけでいいです」とパパは食い下がった。

「そう言われましても……」

しまいにパパは店長さんの両手を握り、頭を深く下げて言った。

「ずっと待ってたんです！　妻も娘もずっと、これを待ってたんですよ……」

家に着くなり、パパはママが寝ている寝室へと飛び込んだ。

「ちょっと見てくれよ、ママ！」と言ったとたんカーペットにつまずいて、袋いっぱいに入ったメロンパンを落としそうになった。まったく、危なくて見てられないよ。

「びっくりした……なんなの？」驚いたママはゆっくり起きあがった。

「これだろ？　うわさのメロンパン」パパはそう言って、袋のなかからメロンパンを取り出すと、自慢げにママに見せた。ママは意外な買い物に少し戸惑っていたみたい。

「それ……買えたんだ？」

するとパパは黙ってママの手にメロンパンを置いたね。でもママは、あまり喜んでいないみたいだった。

「嬉しいけど、美久はこれを買おうとして……わたし食べられない……」

ママもパパも、わたしがメロンパンを買いに行く途中で事故に遭ったことを知っている。事故を目撃した人や、警察の人から様子を聞いたんだよね？　でもそれだと、まるでわたしが食いしん坊だったせいで事故に遭ったみたいだよね。そこは誤解を解きたいな。

「いいから食べなよ。好きなんだろ？　美久だってママに食べてほしいと思ってるよ」

そうだよ、ママ。でもわたしが欲しかったのは、メロンパンだけじゃないの。それよりもずっと大事なものなんだからね。

「美久のためにも、食べてくれないかな？」とパパが言った。「パン屋の店長さんもさ、そう言ってこんなに売ってくれたんだ」

「え？」ママは少し驚いて顔を上げた。

「店長さん、美久のこと知ってたんだよ」

そうだった。わたしが事故に遭ったとき、まっさきに救急車を呼んでくれたのは、あの『メロンパン号』の店長さんだったんだ。パパからわたしのことを聞いて、すぐに思い出してくれたみたい。店長さんはわたしの事故をずっと気にしていたらしく、なにか自分にできることはないかと言ってくれた。

「いつもなら、ひとり二個までしか買えないみたいだけどな。今回だけ特別にいっぱい売ってくれたんだよ」

「それ、いいのかな……」ママは困った顔でパパを見た。

「いいんだよ。美久からの贈り物だって、俺はそう思ってる」パパはそう言って、大きな口を開けてメロンパンを食べた。

「うん、うまい」

するとママも、静かにメロンパンを一口だけ食べたんだ。

「おいしい……」ママは確かにそう言ったの。ここしばらく何を食べても味がしないと言っていたママが、おいしいねって。

「そうか、よかった……」ママの様子を見たパパは、力が抜けたようにベッドの横に座り込んで、優しく微笑んだよね。

「……ゴメンね、パパ」

「ん？　いいんだよ、俺のことは」

メロンパンを食べながら、声をあげずにママは泣いていたね。それが悲しい涙じゃないことは、わたしにもわかったよ。また一歩、前に進んだ気がする。

やるじゃん、パパ……。

「あ！」いきなりパパが声を上げた。

「なに？」

「いっけね、メロンパンに夢中で夕飯の買い物忘れてたよ」

わたしがせっかく誉めたと思ったら、パパったらもう……。

そのとき——ママがクスッと笑った。

わたしがいなくなってから、ママの笑顔なんて見たことなかったのに、やっと笑ってくれたね。時間はかかったけれど、こんなに嬉しいことないよ……。

ママの笑顔を見て、今度はパパが泣きそうな顔になってた。「あちゃー、またやっちゃった」なんて言いながら、目をパチクリさせてごまかしてるけど、もうバレバレだよ？

――おつかれさま、パパ。

本当に大変だったね。わたしのせいでこんなことになってゴメンナサイ……。

専業主夫としてのパパはまるっきりダメだけど、わたしたちのパパとしては文句なしの百点満点です。ママを幸せにできるのは、やっぱりパパしかいないよ。

できることならわたしも、パパやママ、星也とずっと一緒にいたかった。一緒に笑ったり、泣いたり、怒ったりしたかった。

だけどね、あれこれ考えるのは今日でやめにする。

みんなと過ごした時間がわたしの宝物。それさえあれば、悲しい気持ちを忘れられるから。だからパパたちも悲しまないでね。

もうわたしが見守る必要はなさそうだから、あとはパパに任せるよ。

でもその前に、夕飯のお買い物忘れないように行ってきてね！

ボクたちの動物園

空には雲ひとつなかった。

このあいだの小学校の運動会では、小さな雲がずらりと並んでいた。理科の授業で習った、いわし雲というやつだ。秋にたくさん空に浮かぶと先生が言っていた。

今日は祝日、体育の日。ボクら家族は動物園にやってきている。

絶好の行楽日和だとさっきお父さんが言っていたからか、入園ゲートにはすでに長い列ができていた。毎年、かならず年に一回、五月五日の子供の日にボクたち家族でくる動物園。

今年はわけあって、ゴールデンウィークからのびのびになってしまった。

「ほら、悠馬《ゆうま》。なに、やってるの？　きっぷ買うから早くきなさい」

そう言って並んだ列の真ん中あたりから、ボクを呼ぶのはお母さん。その横で妹の玲奈《れいな》と手をつないでいるのはお父さん。「うん……」とボクは浮かない返事をし、ノロノロと列に加わった。

ボクの前に並んでいるのは、よちよち歩きくらいの子供をベビーカーに乗せた三人家族。ボクの後ろで「まだー」と、幼稚園くらいの男の子がそのお父さんに話しかけているのも、また家族だ。あっちもこっちも家族。家族だらけ。もちろんボクたちだって家族なのだけれど……。

「ねえ、お兄ちゃん……」

ぼんやりとそんなことを考えていると、玲奈がこちらを見上げていた。

「あのね……もう、決まった？」

玲奈は大きな目をさらに大きくして、上目づかいでボクを見る。

「玲奈はね……まだ、迷ってるの」

ボクだってまだ迷っている。そう簡単に、決めることなんてできるわけがない。お父さんとお母さんの、どちらかを選ぶなんて。

そう、ボクと玲奈はこの動物園から帰ったあと、返事をしなければならない。二人のうち、どちらと暮らすのか。

ボクたちの両親は、もうすぐ離婚するのだ。

「あれがボス猿、あれがその子供、あっちもあいつの子供……」

ボクは猿山のまえで柵に寄りかかりながら、たくさんいるサルを指さして適当なことをつぶやいていた。まわりではこの猿山を見物する人たちでごったがえしている。

入園ゲートをくぐると最初は鳥類から始まり、くじゃく、ふくろう、ダチョウにエミューと鳥のオンパレードになるのでちょっと退屈になる。だからそのエリアをぬけて、突然あらわれる猿山はとても人気だった。

やっと確保した真ん中のいちばん前で、ボクは飽きずにしばらくサルたちをながめた。

サルは人間に似ている。ずっと見ていると、家族構成がわかるような気がしてくる。赤ちゃんザルがぶら下がっているのはまちがいなくお母さんザルだし、その近くにいるのはお父さんかもしれない。さらにさっきからほかのサルにちょっかいばかり出している、やんちゃなサルはお兄ちゃんかもしれなかった。

だとすると赤ちゃんザルは玲奈で、やんちゃなサルはボクか。そしてお母さんザルはうちのお父さんで、その家族を見守るように近くででんとかまえているお父さんザルがお母さんだ。

つまり、うちではお母さんがどちらかというとボス的存在だ。

お母さんは大学病院の耳鼻科のお医者さんで、いつも忙しくあまり家でゆっくり過ごすことはない。反対にお父さんは市役所で働いているから、家に帰ってくるのも早いし、家事のほとんどをお母さんの代わりに引きうけていた。

外でバリバリ仕事をこなすお母さんと、ボクたちの面倒をみてくれるお父さん。

さらにお母さんは年より若く見えて、美人女医さんなんて呼ばれている。お父さんはというと——地味でまじめで、まぁ、ふつうの人だ。こんな二人がよく結婚できたなぁって、子供のボクがいうのもなんだけど、ひそかに思っていた。

なんでもお父さんが耳のなんとかっていう病気で手術をしなくちゃいけなくて、その担当のお医者さんがお母さんだったとか。怖がりだったお父さんをお母さんがなだめたのが、二人がくっつくきっかけだったって、ずいぶん昔に聞いたことがある。

なんでも決めるのが早くて男っぽいお母さんと、どちらかというと慎重でとても優しいお父さん。このコンビはなかなかいいって思っていたのだけど……。

結局、うまくいかなかったってことになるのかな。ボクはふうっとため息をついた。

「ねぇねぇ、お兄ちゃん……」

その声に下を向くと、いつの間にか人ごみのなかを上手くくぐりぬけて、ボクの横に玲奈がいた。

「なんだよ、よくここまで来れたなぁ。お父さんたちは？」

「あっち。ベンチで座ってる」

玲奈は人で見えない向こうがわを指すと、またこちらを見上げた。

「お兄ちゃんは、もう決めた？」

今日、何度目かわからない質問だ。両親のどちらに付いていくか決めたのか？ってこと。

今ではこんなふうに簡単に聞いてくるけど、玲奈がここまで口にするのにはかなり時間がかかった。小学一年生の玲奈にとって、「りこん」というものを理解するのは少しむずかしかったらしい。と、いっても来年、中学に上がるボクでさえ、「りこん」がどういうものなのか、頭ではわかっていても気持ちのほうがついていかないのだけれど。

最初にこのはなしを両親から聞かされたのは、ゴールデンウィークのときだ。

大学病院の外来が長期休みに入って、お母さんの当番がなかった日。心がうきうきとはずむ、ゴールデンウィークの前半、「りこん」のはなしを聞かされたボクの心はいっきにしぼんだ。

毎年かかさずみんなで行っていた動物園も、それどころじゃなくなった。

玲奈はすごく反対した。泣きさけんだ。絶対にイヤだと暴れた。まったく関係ないことだけど、休み明けから学校へは行かないと両親を困らせた。

玲奈には理解できなかったのだと思う。両親は「りこん」の説明を、これからは家族バラバラに暮らすことだと言った。まぁ、正確にはお父さんとお母さんが夫婦じゃなくなって別に暮らして、ボクたちはどっちかに引き取られるってこと。

もちろんボクだって反対した。反対したんだけれど——もう、決まっていることみたいだった。泣きじゃくる玲奈をお父さんが必死になぐさめていた。お母さんもボクの手をぽんぽんってたたいて「ごめんね……」と、言った。その動作がなんだかとてもバラバラに見えた。ボクが知っている仲のよかった両親ではいつの間にかなくなっていたことに、そのときになって初めて気づいたんだ。

泣いている玲奈をみて、ボクは冷静にそんなことを思った。そうしたら、ボクはなんにも言えなくなって、そしてこの日をむかえてしまった……というわけだ。


「アタシはお母さんかな……」

ぽつりと玲奈が言った。

やっぱりそうか、とボクは思う。玲奈はお母さんが大好きだ。

頭がよくてきれいでお医者さんで、そんなお母さんを玲奈はいつも自慢に思っている。休日、たまにお母さんが家にいると、べったりと甘えて離れない。

「でも、お母さんは忙しいぞ。大学病院をやめて医院の先生になったら、前よりはちょっとは家にいられるようになるかもしれないけど、玲奈がうちに帰っても、お父さんはいないんだから一人で待ってることになるぞ」

そうなのだ。お母さんは来年、医院をひらくことになっている。山村耳鼻科という、お母さんの旧姓を使って。これを機に――って、「りこん」の説明のときに打ち明けられた。

「その点、お父さんなら夕方には帰ってくるし、こういっちゃなんだけど、お母さんが作る料理よりおいしいし、キレイ好きだから部屋はいつもピカピカだし」

ボクがそう言うと、玲奈は迷った顔になって言い直す。

「……じゃあ、お父さん」

そう言われると、ボクは反対のことを言った。

「ただ、お父さんは優柔不断だからな。ほら、いつも自分で言ってるだろ？　お父さん、なかなかものを決められないんだよなって。だから玲奈がお父さんになにか相談しても、お母さんほど頼りにはならないかもしれないな」

そこまで言うと、ハッとなった。まずい。玲奈の目に涙が浮かんでいる。

「だから、わかんないって言ってるんじゃない！」

大きな声をだして今にも泣きそうになったので、ボクはあわてて柵の前から玲奈を連れだした。

「じゃあ……お兄ちゃんはどうなの？　どっちを選ぶの？」

「……」

ボクはどっちを選ぶんだろう。

実はさっきから、玲奈にいじわるなことばかり言っているなって自覚があった。ボクはボクでどうしたらいいかわからなくて、半分、八つ当たりみたいになってしまったんだ。

ボクも実は決められない。

だって現実問題、もしボクがお母さんのほうがいいって言ったら、玲奈もそう言うと思う。そうするとお父さんはひとりぼっちになってしまう。今、住んでいるマンションから三人もいっぺんにいなくなって、お父さんだけが食卓にひとりでごはんを食べているのを想像すると、悲しすぎる。

そうかといってお父さんを選べば、きっと玲奈も残ると言うと思う。開業する医院の近くの真新しい家に、お母さんがひとりで住むのを想像したら、それはそれで胸が痛む。

結局のところ、玲奈が選ばないほうをボクが選ぶ。それが一番いいのかもしれない。

「そろそろお昼にしようか?」と、お母さんから声がかかり、ボクらは両親のもとへと歩いた。

園内のフードコートは、思っていたよりもすごい人だった。室内はもちろん、外のテラスまで人であふれている。食べおわったテーブルを見つけては、競争のように場所を取らなければならない。こんなとき、お父さんよりもお母さんのほうがすばやく対応できる。トレイを片づける家族をいち早く見つけては、あっという間にテーブルを確保してしまった。

ラーメンにうどんに焼きそば、アメリカンドッグにポテトフライ。おなじみのメニューがならぶ。ボクは去年と同じ、ラーメンをえらんだ。

「なんだ。悠馬はラーメンなのか？　アメリカンドッグにするかと思ってたよ」

最近ボクのお気に入りの食べものをあげて、お父さんがそんなことを聞いてくる。けれどボクは「ラーメンがいいんだ」と、答えた。

べつに変わった味でもないこのしょうゆラーメンを、ボクは毎年、かならずここで食べている。一年に一回、子供の日にこの動物園で食べるのはしょうゆラーメン。もし、ちがうものをえらんでしまったら——少しでもちがうことをすると、なにかが全部こわれてしまうようで怖かった。

「おうどん食べたら、ソフトクリーム食べていい？」

玲奈がお母さんにそう聞くと、「いいわよ。その代わり、ぜんぶ残さず食べられたらね」そう言って笑っていた。

ぜんぶ残さず食べられたらね——ボクも小さかった頃、同じように言われた。ラーメン食べたらソフトクリーム食べていい？　いいわよ。ぜんぶ残さず食べたらね。だからボクは必死で食べた。お子様ラーメンじゃなくて、初めて一人前のラーメンを注文した、小学二年生のあの日。食べきれるか自信はなかったけれど、ソフトクリームを食べたかったのと、お母さんとお父さんにほめてもらいたかったから。

「悠馬、全部、食えたな！」「もう、一人前を食べられるようになったのね」

あのときはまだ玲奈はちっちゃくって、言葉もしゃべれなかった。お母さんは自分が食べていたうどんを、はしで小さく切って玲奈に分けてあげていた。玲奈はお子さま用のプラスティックの容器に入れたうどんを、うまくフォークでつかめずほとんど両手で食べていたっけ。お父さんもとなりから、玲奈のベタベタになった手をふいてあげたりしていた。

ボクがラーメンを残さず食べることができたら、二人でほめてくれた。うまくうどんを食べられない玲奈を、やっぱり二人で面倒をみていた。

ぜんぶ、二人だったんだ。お父さんとお母さん、一緒になって同じものを見ていた。でも、今はお父さんがアメリカンドッグのことをボクに聞けば、お母さんは玲奈とソフトクリームのはなしをしている。どっちかがボクをかまえば、どっちかが玲奈をかまう。

前と同じようで、ちょっと違う。うまく言えないけど、もう、前のお父さんとお母さんじゃないんだなと、ボクは感じた。

ざわざわとここはたくさんの家族でにぎわっている。あっちを見ても家族。こっちを見ても家族。たいてい、小さな子供づれの家族ばかりだ。

玲奈はたぶん、まだ実感がない。「りこん」するということは、家族バラバラになることで、この四人でいることはもうないってことだ。ずっといっしょだったんだ。だからそれ以外のことなんて考えられない。そう思ったら、鼻の奥がツンとした。

「どうしたんだ?」お父さんが心配そうにボクの顔をのぞきこんだ。

「あっ、ううん」あわてて首を横にふると、心配そうにこちらを見ているお母さんとも目があった。

本当はずっとのどの奥につまって聞けないことがある。「りこん」のはなしがでてからずっと言えなかった言葉。

どうして二人は離婚しちゃうの? ボクたちずっと四人いっしょじゃダメなの?

だけど口をひらくと、まったく反対の言葉が飛びだした。

「……どうして、お父さんとお母さんは結婚したの?」

二人はびっくりしたような顔をして、ボクを見ている。なにを今さら……とも、思ったかもしれない。「ねぇ、聞かせてよ。ボク、ちゃんと聞いたことないよ」「……どうしてって」お母さんが黙りこんだ。お父さんが腕組みをして考えている。そして二人は顔を見合わせた。かすかにうなずきあう。

「前にもちょっと話したことあると思うけど……」お父さんはそう言うと、話し始めた。

「……お母さんはお父さんの耳の手術をしてくれたんだ」

慢性中耳炎という病気が悪化したのだという。そのまま放っておくと耳が聴こえなくなるので、手術が必要だった。お父さんの手術する場所は意外に脳に近いということで、技術のいる手術だった。説明を聞くと、もしかしたら場合によってはめまいがでるようになってしまうかもしれないし、顔面麻痺が残るかもしれないとのことだった。

お父さんは震えあがった。そういうことにすごく弱い人なのだ。でも、お母さんがピシャリと言った。「私を信じてください。絶対にそんなことになるようにはしません」

「こんな潔い人がいるんだなと思ってね。カッコイイなって思った」

なかなかものを決められないお父さんからみたら、すごい人に思えた、そう言ってお父さんはすこし笑った。その笑顔をみていたらボクはうれしくなった。もっともっと、と思った。

「じゃあさ、お母さんは？　お父さんのことどうだったの？」いきおいこんで聞いたら、お母さんはすこし困った顔をしたけれど、それでも答えてくれた。

「私は……」その頃、お母さんは大学病院勤務にまだ慣れていない頃で、病院のゴタゴタにも少し疲れていた。けれど入院患者であるお父さんとはなしをしていると、すごく心が落ちついたそうだ。おだやかで正直で、優しい人だと思った。気がついたら回診でもないのに、よくお父さんの病室まで立ち寄っていた。

「ふうん、じゃあ、デートはどっちから誘ったの？」玲奈も生意気に目を輝かせながら聞いている。「いや……お父さんなんだけど、なかなか勇気がでなくてね」

退院まぢかになった頃、意を決してお母さんを誘おうと思った。でも、全然、言いだせなかった。自分なんて相手にされないだろうなって思った。そしてとうとう、そのまま退院してしまった。

「パパ、だらしない！」玲奈がはしゃぎながら言う。「でもね……」今度はお母さんがなつかしそうに目を細めた。次の外来のときに、いきなりお父さんの診察券に映画の券がはさまっていたのだという。ビックリしていると、診察室で「僕と映画に行ってくださいっ」って、頭を下げられた。となりにいる看護師さんはクスクス笑っているし、お父さんは答えるまで顔を上げないし、「わかりました。行くから顔を上げてください！」って、つい返事をしていた、それが二人のはじまりだったんだって。

なんだかうれしくなってお父さんとお母さんを見ると、楽しそうに二人で笑いあっている。こんな両親を見るのは久しぶりだった気がするから、ボクははなしを終わらせたくなくてもっと聞いた。

「じゃあさ、プロポーズは？　やっぱり男のお父さんから？」すると二人は顔を見合わせる。「あれはどっちだったのかしら……」観覧車の中だったたという。二人で遊園地に行ったときに、お父さんはお母さんの誕生日のその日、プロポーズをしようと決めていた。お母さんも薄々は感じていた。ゴンドラに乗って観覧車が頂点までいったら、ロマンティックに告白しようと考えていた。でもお父さんはそこでもまた、なかなか言いだせなかった。緊張してポケットのなかの指輪ケースにさわるだけで、肝心の言葉がでなくなってしまう。

そうこうしているうちに二人の乗ったゴンドラは乗降口まで近づき、あわてたお父さんは指輪のケースをぽろっと落としてしまった。それもお母さんの膝の上に。「……ありがとう」お母さんは嬉しくなって自分から指輪をはめてみせた。なんともカッコのつかないプロポーズだ。

二人とも思い出してクスクス笑っている。ボクはうれしかった。もっと、もっと、もっと。

このはなしを終わらさないで、いつまでも二人に笑っていてほしい。こういうはなしをしていたら、もしかしたら前のように戻ってくれるかもしれない。「りこん」はやめにしようか、なんて気になってくれるかもしれない。ほかにはないかな、もっと二人が楽しそうになるはなし。

もっと、もっと……。

そこまで考えていると、お母さんは「たくさん待ってる人がいるから」と、席をゆずるつもりで立ち上がった。お父さんも、ソフトクリームでベタベタになった玲奈の手を洗うために水道まで連れていった。ボクは——。ノロノロと立ち上がると、どちらのほうにも歩いて行けず、ちゅうぶらりんな形でその場にしばらく立っていたのだった。

北極グマが暑さにぐったりして寝ている。

秋でもまだまだ、陽ざしの強い日中は暑い。玲奈がやって来てボクを見上げたから、またお決まりの「お兄ちゃん、どっちか決めた？」と、言うのだと身構えた。

けど、今度は違った。

「あのね……お母さんとお父さん、仲直りできないかな？」えっ、と思いどういうことかと聞くと、さっきの二人の様子をみて思ったのだそうだ。ボクとおなじように「りこん」をやめる気にならないかって。

「観覧車に乗ったら、また、前みたくお父さんがお母さんにお嫁さんになってくださいって言わないかな」気持ちはわかるけど——。ボクだってちょっと期待しちゃったところがあるけど。そんなに単純じゃないよ。だからボクはアニキらしく玲奈に言いきかせた。

「あのな……もう、りこんは決まってるんだぞ。なんどもそれは言われただろ？　だから今日、帰ったらちゃんとお父さんとお母さんのどっちに付いていくか言わなきゃならないし、玲奈もちゃんと考えなくちゃいけないんだぞ」

玲奈は今度は泣きそうにならなかった。その代わり、頬をふくらましてプイッと行ってしまった。玲奈の気持ちもわかるけど、やっぱりどこかで覚悟を決めなきゃならないんだ。そうだよ、覚悟を。ボクは自分に言いきかせた。

そのあとふれあい動物コーナーから、玲奈がいなくなった。

うさぎやモルモットが自由に触れるそのコーナーが大好きな玲奈は、しばらくうさぎを抱っこしてベンチに座っていた。ボクがロバやたぬきを見にいっている、ほんの少しの間のことだった。

「とにかく玲奈の気にいっている動物のところを全部、回ってみてくる！」と、お父さん。

「園内放送もしてもらいましょう！」と、お母さん。ボクも手分けして園内を捜した。キッズ携帯を握りしめて、いつでも両親に連絡できるようにとあちこちを走りまわりながら。

でも、本当はボクはなんとなくわかっていたんだ。玲奈がどこにいるのか。どうして姿を消したのか。きっとあそこ――。園の出口近くの、小さな遊園地。

走っていくと、玲奈はいた。思ったとおり、観覧車のまえのベンチにちょこんと座っていた。

「心配するだろ！」って駆けつけるなり言うけど、玲奈の顔のほうが怒っていた。怒りながら、ずっと観覧車を見上げていた。ボクからの連絡を受けて、両親もすぐに走ってきた。

「よかった……玲奈。誰かにさらわれたかと思ったよ」「玲奈……心配させないで」お父さんもお母さんも本当にホッとしたようにそう言った。けれど玲奈はそれには答えず、にらむように向こうを指さした。「あれに乗る」怒ったまま見つめる先には、観覧車があった。

お父さんは玲奈の頭をなで、お母さんがきっぷを買いにいく。そしてひとつのゴンドラにお父さんとお母さん、その次のゴンドラにボクと玲奈が乗りこんだ。ゴンドラはゆっくり上昇していく。

「お前……なんで、勝手にいなくなってここにきたんだよ」

そう聞いてみても、玲奈は黙ってガラス窓に手をついて上をながめていた。本当は聞かなくてもわかっている。これに乗れば、「りこん」はしないですむかもしれないと玲奈は望みをかけている。

むかし、一番はじめはひとつのゴンドラに家族で乗った。

お父さん、お母さん、ボクの三人。何年かたって、そこに玲奈が加わった。まだ赤ちゃんの頃の玲奈はお母さんが抱っこして、よちよち歩きになるとお父さんのひざの上に乗せて。ボクはお母さんのとなりに座っていた。なかではしゃいで少し怒られた。そのうち玲奈も大きくなると、子供だけで乗ってみようと両親と二手に分かれてみた。

お父さんとお母さん。ボクと玲奈。ゴンドラがどんどん上がっていって角度がつくと、透明なガラスばりのゴンドラの中のお父さんとお母さんがよく見えた。ボクと玲奈は二人に向かって元気に手を振った。二人も楽しそうに振りかえしてくれた。

お父さんとお母さんはボクらがよく見えるように、対面式のイスにならんで腰かけていた。そしてボクらに何度も何度も手を振ってくれていた。

でも、今の二人は向かいあって座っている。右と左、微妙に距離を保ちながら——。

玲奈はいつもどおりゴンドラを見上げながら、思いきり手を振った。お父さんもお母さんも、こちらに手を振っている。でも、どこかが違う。去年とはなにかが違う。

ボクは手を振らなかった。二人のほうを見ないようにして景色をながめた。

今日、見てきた動物園がよく見える。ゾウに猿山にトラに北極グマ。お昼に食べたフードコートもよく見えた。年に一回、やってくる動物園なのだから、隅々までよく知っている。あそこでお父さんに肩車をしてもらったとか、玲奈が歩き疲れて泣きだしたとか。ぎっしりと思い出がつまっている。あそこにも、ここにも、ボクら四人の家族の思い出が。まさかバラバラになってしまうなんて、想像もしていなかったあの頃のボクらがまだそこにいる。

離ればなれになるのはイヤだ。みんな一緒がいい。ずっとずっと一緒にいたい。

ゴンドラはてっぺんを過ぎると、下降し始めた。上るときより、下りるときのほうが倍くらい早く思える。玲奈は外には目を向けず、ずっと両親に手を振りつづけている。下りはじめた二人のゴンドラはもう天井しか見えなくなってしまったけれど、それでもずっと振りつづけていた。

そして終点についた。見えてきた地面のすぐそこに、お父さんとお母さんのボクらを待つ姿が見える。案内の人が「ゆっくり降りてくださいね」と、扉を開ける。けれど玲奈は待ちきれないように軽くジャンプして降りると、両親に向かって一目散に走っていった。そして二人のあいだに飛びこんだ。抱きとめられながら、声をだして泣いた。人目もはばからずわんわんと。

それを見ながら、ボクはゆっくり近づく。

お父さんの「ごめんな……」という声。お母さんの、「ごめんね……」という涙声。

玲奈を抱きしめている二人のそばまで行くと、ふいにお父さんの腕が伸びてきた。そしてボクを力強く引き寄せると、玲奈といっしょに抱きしめる。ボクはバランスを失って、ぶつかるようにお父さんの胸に顔をうめた。その瞬間、胸の奥からなにかが込み上げてきて、嗚咽になって声がもれた。

「ごめん……」お父さんが絞り出すようにボクに言う。「ごめんね……ごめん」お母さんはずっとごめんを繰りかえしている。

「ひど……いよ……」ボクは涙に混じってそう言った。「ひどい……」我慢してどうにか受け入れようとしておさえてきたけど、ようやく口にできた。お父さんの青いポロシャツはボクの涙でどんどん濡れていく。それでも止まらずにあふれてしまう。

大きくなってから、両親に抱きしめられたのって、いつ以来だろう。

玲奈が生まれてからは、なんとなくゆずった感じでずっとこういうことはしてこなかったかもしれない。ボクの背中に当たる、お母さんの優しい手。ふだんは頼りないけど、本当は力強いお父さんの腕。温かい玲奈のからだ。

ボクらはしばらくそうやっていた。

ゆっくり回る観覧車の下で。大切な時間をかみしめながら――。


玲奈は結局、お父さんをえらんだ。

お母さんをえらぶと思っていたから、予想が外れて少しおどろいた。

だからというわけではないけど、ボクはお母さんと暮らすことにした。お父さんでもお母さんでもかまわない。ボクはどちらも同じくらい、好きなのだから。

そしてボクらはひとつ、約束をした。というか、玲奈に約束させられた。

「毎年、五月五日の子供の日は、みんなかならず予定を空けておくこと」

五年後も十年後も、ボクや玲奈が大人になっても、あの動物園に集まること。

なかなかいい約束ごとだとボクは思う。だってあそこはずっとずっと、思い出がつまったボクたちの動物園なのだから。

パートを辞める日

お昼休憩のためにお湯を沸かしていると、「ちょっと、原さん！」と大きな声が聞こえた。干しておいた雑巾を手に給湯室を出て、声の主である社長の席に向かうと、予想通りしかめっ面をして指でコツコツと机を叩いている。私は机の上をざっと見渡し、お茶の入った湯呑の位置と、そばに書類がないことを確認してから「なんでしょうか」と聞いた。

「ここ、数字間違ってるだろ！」

ドンと机を叩いた拍子に、湯呑のお茶がユラユラと波を立ててこぼれた。

「こんなつまらないミス、若い子じゃないんだからな！」

社員四人の小さな事務所に社長の怒鳴り声が響き渡るが、みんな慣れているので無関心だ。

「電線の長さですよね？　それは昨日社長に確認した分ですよ」と説明しながら、雑巾で濡れた机を拭いた。

「……いいから、書き直せ！」

「いいんですか?」

返事がない代わりに、社長はいつものように大きなため息をついた。怒鳴ったあとに必ずつく、これみよがしのため息だ。

ハゲおやじめ……。給湯室に戻りながら、誰にも聞こえないように悪態をついた。自分の間違いを認めないばかりか、すぐに怒りだして机を叩く。書類がびしょびしょになって、何度作り直したかわからない。こんな人が社長だなんて、それだけでこの会社の格がわかるっていうものだ。

席に着いたら、隣に座った新入社員の園田さんがふわふわとカールした髪を指先に巻きつけながら、スッと体を寄せてきた。

「原さぁーん」

彼女がこういう声を出すときは、仕事を押し付けてくるときだ。もう何回も教えているのに、また縮小コピーのやり方を忘れたと猫なで声を出す園田さんに「じゃあ、もう一回一緒にやってみましょう」と言って、コピー機まで連れて行った。

初めから説明していたら、「甘やかさないで、自分でやらせなさいよっ」と大橋さんに、なぜだか私の方が怒られた。更年期の症状が辛いらしく、最近やたらと機嫌が悪い。隣で園田さんが小さく舌打ちしたのを見て、仕方なく「私の教え方が悪かったんです。すみません」と謝っていると、「こっちのファックスもお願いしていいっすかぁ?」と長谷川さんが調子よく声をかけてきた、取引先へのファックスだというのに、いつものように汚い字。最近の若者の文字はこんなもんなのか、「い」と「り」の判別ができなくて「りつもありがとうございます」になっている。指摘すると「じゃ、書き直してもらっていいっすか?」とぬけぬけと言う。

私は「わかりました」と言ってにっこり笑った。

いつの間にか、イライラが頂点までくるとスッと笑顔が出るようになった。もちろん作りものだけど。

こんなふうに社員たちからのさまざまな要求に応え、今どき珍しいお茶くみを含む雑用全般をこなすのが、パートである私の仕事だ。

もともとは病気で急に亡くなったという社長の奥さんがやっていたらしいが、この奥さん、どれだけみんなを甘やかしていたんだろうと、社員たちの自分勝手っぷりを見ていて思う。何よりも「社長のお守り」なんて仕事もあるとわかっていたら、こんな会社に応募しなかった。

「怒鳴る社長をなだめて、怒鳴られた社員のフォローをする、奥さんは矢島電気設計の母でした」と面接のときに総務を兼ねている藤田さんが言ったのは、私にその役割をしろってことだったのだろう。だけどその私が誰よりも怒鳴られているわけだから、どうしようもない。それに、たかだか私はパート社員。そこまでやる義務もないと今では完全に開き直っている。

結局、ぜんぶ終わったのは五時五十分。あと十分で一時間分の残業代がつく。ゆっくりと机の上を片付けていたら、「終わったのだったら、上がって下さい」と藤田さんに言われてしまった。十分の猶予も許さないクソ真面目な性格は、いかにも総務って感じだ。藤田さんの卓上カレンダーには、信じられないような細かい字で仕事の予定がびっしりと書き込まれている。

エレベーターもない線路そばの雑居ビル、その四階部分が「矢島電気設計」だ。私はいつものようにため息をつきながら階段を下り、自転車を漕いで帰途に着く。

坂道を上ったり下ったり、この町の地形にもイライラする。ここに来て一年。前に住んでいた町からは、川を挟んで三時間くらいの距離しか離れていないのに、私にとっては、まるで別世界。引っ越しの日に電車の窓から見えた川がキラキラと輝いていて、「この町、いいかも」なんてちょっとでも期待した自分は本当に馬鹿だった。

営業一筋できた夫が、突然スーパーの支店長を任されたところから悲劇は始まった。近くに大型ショッピングモールができたせいで、もともと傾いていた経営だった。前任の支店長が心の病になって辞めてしまい、身も心も頑丈そうだという理由だけで夫が目をつけられた。「新しい土地で、新しい仕事。気分転換になっていいかもな！」と笑っていた能天気な夫も、慣れない仕事のストレスと過労で十キロも痩せた。

小学校三年生だった息子の剛志は、転校した学校で友だち関係がうまくいかず、あやうく不登校になりかけた。前の学校でずっとサッカーをやっていたのを「ちょっとうまいからって偉そうにしてる」と言われ、仲間外れにされたのが発端だ。担任は初めてクラスを受け持つ若い女の先生で、まったくあてにならずじまい。外で遊ぶのが好きな活発な子だったのに、四年生に進級した今も家でゲームばかりやっている。

そして私は、この一年で一気に老けてしまったような気がする。たしかに夫と剛志のフォローも大変だったけど、なによりのストレスだったのは週五日のこのパートだ。営業職よりぐんと減った夫の収入分を補うために、自転車で三十分のところにある小さな電気設計の会社で、事務員として働き始めたのだが……「アットホームで笑いの絶えない会社です」なんて、よくも求人広告に書けたものだと、初日にさっそく聞いた社長の怒鳴り声に唖然としながら思った。そして心に決めたのだ。ここではうわべだけの付き合いに徹し、何事も笑顔でスルーすると。しょせんパート、心をオフにしてやり過ごせばいいんだ、この三年間……。

そう、こんな最悪の会社、どうしてさっさと辞めてしまわないのか……それは、期限があるからなのだ。夫が支店長を任されたのは三年間。あと二年我慢すれば、私たちは住み慣れた元の町に戻れることになっている。そこには仲のいいママ友もいるし、仕事帰りによく飲みに行っていたパート仲間もいる。だからなんとか私は頑張れている。

あのハゲおやじに退職願を叩きつけて辞める日を、それだけを楽しみに頑張っているのだ。


ところが意外にも早く、その日はやって来た。

「予定より早く本社に戻れることになったぞ！　引っ越しだ！」

夫からその言葉を聞いたとき、私は喜びのあまり、夕食の刺身を盛ろうとして手に持った大皿を落としてしまったくらいだ。お陰で結婚祝いにもらった伊万里焼の皿は駄目になってしまったけれど、そんなことくらいどうでもいい。会社の方針でスーパーの撤退が決まり、夫は再来月から本社の営業部に戻ることになったのだ。

この町とさよならだ。あのハゲおやじとも、自分勝手な社員たちとも……。

「ダイエットもできたし、まあ、この町に来てよかったかな」

「前の学校に戻ったら、またサッカーやってもいいよね！」

夫も剛志も嬉しそうだ。だけど一番喜んでいるのは私だろう。「この学校の奴ら、最低だった」とブツブツ言っている剛志を「そんなこと言うもんじゃないわよ」ともっともらしく諭しながら、私は心の中で叫んでいた。「あの会社の人たちこそ最低だった」と。

次の日、ついこぼれてしまう笑みを押し殺し、来月いっぱいで辞めなければならなくなったと告げると、みんなから一斉に「えーーっ」と困惑した声が上がった。

「ファックスとか、これから自分でやらなきゃいけないんっすかあ?」

「トイレ掃除とか備品の整理は誰がやるの?」

私の存在価値ってそんなもんだったんだと、つくづく悲しくなった。安い時給で使われて、みんなが嫌がる仕事を押し付けられて、最後まで「ご苦労さま」も「ありがとう」もないのか。

極めつけは社長の「勝手なこと言うな! 急に辞められたら迷惑だろ!」。これには呆れた。退社の場合は一ヶ月前に告げればいいと就業規則にも書いてある。アンタが作った規則でしょと心の中で舌打ちしながらやんわりと告げたら「作った覚えはない!」と逆切れされた。

どこまで勝手なの、この人、この会社……。こんなだから業績も上がらないんだってば!

「ご迷惑おかけしますが、よろしくお願いします」

私はにっこり笑って頭を下げた。


それからは、引っ越し準備で大忙しだった。剛志が前の学校に戻れるように、校区内に家を探し、転校手続きを取り、市役所に足を運んだ。そのかたわら、前に仲よくしていたママ友に連絡を取ると、みんな喜んでくれて「おかえりなさいパーティー」を開いてくれるという。

もしかしたら、元の会社でまたパートとして働けるかもしれない。

鼻歌なんかを歌いながら荷物をまとめているうちに、この町での一年間なんか、すっかりなかったもののように思えてきた。私にとっては嫌な思い出しかない、無駄な一年間だったとあらためて思った。

会社は新しいパートを募集しているらしいが、なかなかいい人がいないと、社長は私の顔を見るたびに文句を言う。

「若い子より歳とった人の方が扱いやすいんだよな、原さんみたいな」

悪気はないのだろう。そう思う心の余裕さえ出てきて、笑顔で「そうですね」と答えている。

引っ越しの荷作りもまだまだ残っているし、仕事も休めない。お陰で睡眠不足が続いていた。さっきから何度も睡魔に襲われ、社長にジロリと睨まれてしまったくらいだ。こんなときに限って、事務所に社長と二人きりなんて……。他の社員たちは年に一度の健康診断で、提携している近くの病院に行っている。

あくびを押し殺してコピーをしていると、電話が鳴りだした。社長は図面に目を落としたままピクリともしないので、慌てて机に戻って受話器を取った。

電話は剛志の学校からだった。去年から担任の若い女の先生は「原くんが休み時間にケガをしました。すぐに迎えに来てもらえますか？」と焦った声で言った。

まさか、イジメ……？　剛志を仲間外れにした同級生二人の顔が浮かんだ。「わかりました」と電話を切って時計を見ると、園田さんたちが帰ってくるまであと三十分くらいある。

「申し訳ありませんが、早退させて頂けませんか」

社長に理由を伝え、「皆さんが帰ってくるまではいますので、お願いします」と頭を下げると、机のコツコツが始まった。苛立ちを見せつけるかのように動く指を見つめて、私は唖然としてしまった。子どもがケガをしたっていうのに、電話番はするって言ってるのに、なに、この人？　さすがにこっちがキレそうになったけど、言っても無駄だと諦めて返事を待たずにコピーに戻った。三十分の間でできる仕事の段取りを考え直していると、突然怒鳴り声がした。

「いいから！　さっさと帰れ！」

驚いて振り向くと、社長はさっきと同じ姿勢で図面を見たままだった。

「この役立たずが！　帰れ！」ってこと？　それともまさか「心配だろうから帰っていい」という意味？　どっちだろうと思わず横顔をじっと見つめてしまった。

こんな風にまじまじと社長の顔を見るなんて初めてだ。怒ってばかりいるせいか、眉間には深い皺がくっきりと刻まれていて、口は見事なくらい「へ」の字を描いている。六十二歳って聞いたけど、もっと老けて見えるなあと思って見ていたら、「へ」の口が徐々に歪んで「はあー」

といつものため息が出た。背中がしゅうっと丸まって……縁側に座ったおじいちゃんみたい。

コピー用紙の束を持ったまま、じっと見つめていると社長が顔を上げた。

「なにやってる!?　行けって言ってるだろがっ！」

窓ガラスがミシミシと音を立てそうなくらいの大声に、慌てて更衣室に飛び込んだ。制服を着替えながら、だんだん腹が立ってきた。どういうつもりで「帰れ」と言ったのかは知らないが、なにもそこまで大声出すことないじゃないか。ここは早退のお礼を言うところだが、更衣室から出た私は黙ってタイムカードを押した。

「明日、休むのかっ？」

また怒鳴り声だ。うんざりしながら「まだわかりません」と答えて出て行こうとしたら、また怒鳴った。

「別に休んでもどうってことない！」

今までで一番大きなため息を背中で聞きながら、何も言わずドアを閉めた。

別に……どうってことない……私の仕事ってそんなもの？　そんな風に思われながら、私は一年間働いてきたんだ……。情けなくて泣けてきた。

「軽い突き指でした。このくらいでお電話しちゃってすみません」

先生は、恐縮して頭を下げた。

「後藤くんと山下くんと、サッカーをやってたんですよ。すごく楽しそうで……」

剛志のことを「偉そうに」と言って仲間はずれにした二人だ。え？　と剛志を見たら「別に来なくてもよかったのにさあ」と、照れ隠しだろうか、唇をとがらせた。

「二人とも原くんが転校してしまうことを知って、やっと謝る勇気が持てたんだと思います」

先生の目は潤んでいて、気にしてくれていたことがわかった。

「本当はずっと、一緒にサッカーしたいなって思ってたんだって。あのときはゴメンなってちゃんと謝ってくれたよ。ドリブル教えてって頼まれちゃった！」

剛志の、こんなイキイキした顔は久しぶりに見た。これから引っ越しまで毎日サッカーする約束をしたと嬉しそうに話したあと、剛志はふと寂しげな表情を浮かべた。

「二人とも、いい奴だった。諦めないで、もっとちゃんと話せばよかった。そしたら、もっと仲良くなれたのに……一年間、もったいなかったなあ」

先生に優しく肩を叩かれて、剛志ははにかんだように笑い返している。

「よかったね」と心から思って言った。最後にこの町でいい思い出ができた、いつまでも懐かしく思い出せるような人たちと出会えた……そんな剛志が羨ましかった。

それからは、剛志は毎日暗くなるまで後藤くんたちとサッカーをし、私は残業が続いた。剛志が羨ましいとか言っている余裕などない。結局、新しいパートは見つからず、私がやっていた仕事をすべて園田さんに教えることになったのだ。あと数日しかないのに、こまごました書類の書き方からトイレ掃除のやり方まで、引き継ぎは山ほどある。「別に、どうってことない」と言われた仕事だが、誰かがやらなければ会社はまわっていかない。社長に知ってもらわなくてもいい、一生懸命にやってきた私だけがわかっていればいいと腹をくくった。

「原さん、こんなことまでやってたんですか？　私、無理ですぅ」

半泣きの園田さんをなだめ、一つずつ教えていく。今風の女の子で仕事にやりがいを感じるタイプではないけれど、私にはわかっていた。この子は「よし！」とスイッチが入ったらちゃんとやる。なかなかスイッチが入らないだけなのだ。何日もかけて根気よく教えると、あんなに苦手だったコピー操作も完璧にこなせるようになり、顔つきまで変わってきたのには驚いた。

「もう新人じゃないですね。園田さん、立派な会社員です」

なんだか嬉しくて、本物の笑顔になってしまった。

「原さん……本当に辞めちゃうんですか？　私、大橋さんが苦手で、でもいつも原さんが間に入ってくれたから、なんとかやってこれたんですよ」

二人がうまくいってないことは感じていた。でも私がいなくなると、女の人は大橋さんと園田さんだけになる。なんとかうまくやっていってほしい。

「大橋さんは今ちょっと体調が悪いだけで、本当は面倒見のいい人なのよ」

私が入ったとき、細かい仕事を教えてくれたのは大橋さんだ。例えばコピー用紙の注文のタイミングなんかは「こんなのはパートの仕事」なんて言いながらも、大橋さんが教えてくれた。

そう、ここの会社の人はみんなそうなのだ。一見とっつきにくかったりするけれど、根はそんなに悪い人じゃない。お調子者の長谷川さんだって、私が風邪気味のときに「具合悪いんじゃないっすか？」と気付いてくれた。「目の下、クマすごいっすね！」と一言多いのが彼の欠点だけど。クソ真面目な藤田さんも、社長があんなだから、こういうキチンとした人がいないと会社は成り立たないんだろうと思えるし。社長だって……あの人が頭を下げたり、「ありがとう」「すまない」と決して言わないのは虚勢を張っているだけなんだと思う。本当は気が弱いことを悟られないように、あんなに怒鳴っているような気がする。

「原さん、すごい。みんなのこと、よくわかってるんですねえ」

わかってはいるが、好きではない。

「でも社長は、ただ原さんに甘えているだけのような気がしますけどね」

まさかそれはない。苦笑いでごまかして、私は園田さんの肩をポンと叩いた。

「大丈夫。園田さんなら、うまくやっていけますよ」

「そういうことじゃないんです。私……原さんがいなくなるの、寂しいんです」

ちょっと涙を拭ったのはもしかしたら嘘泣きかもしれない。だけど、この会社に入って初めて心が温かくなった。「なにかわからないことがあったら、いつでも聞いて」と、携帯のアドレスを教えてしまったくらい、嬉しくなってしまった。

心待ちにしていたパートの最終日は、なぜだか早く目が覚めてしまった。

引っ越し準備もひととおり終わって他にやることもないので、早めに出社した。誰もいない事務所でぼーっとしてるのもなんなので、机の拭き掃除を始めた。自分の机をピカピカにして、時間もあまったので、ついでにみんなの机も拭いていった。

どの机も汚い。まあ片付けられないのも、仕方ないかなと思う。社員四人の小さな会社、みんな忙しいのだ。なにかあったら現場に飛んで行くこともあるし、終電まで残業なんてザラだ。

一人一人の机を拭いていると、その人が見えてくる。大橋さんの机には、やっぱり更年期がきついのか、湿布やら頭痛薬やら置いてあった。園田さんの持っている文房具には可愛いキャラクターが付いていて、いかにもって感じだし、長谷川さんのメモ用紙に「い」と「り」を練習した跡があるのには笑ってしまった。それから藤田さんの卓上カレンダー、びっしり書かれた仕事の予定の他に「祐太、誕生日」なんて文字があるのも発見した。

最後に雑巾を絞りなおし、社長の机。ここでどれだけ怒鳴られたかわからない。「ハゲおやじ」とこっそり呼び名をつけ、怒って赤くなった頭頂部の素肌を睨みつけていた。

ふと、早退した日にまじまじと見つめた横顔が浮かんできた。

「はあー」と背中を丸めた社長の姿は、寂しげなおじいちゃんにしか見えなかったな……。あのため息、あれは本当にこれみよがしだったんだろうか……。「あーあ」とか「また怒鳴っちゃった」というような、少なくともあのときはそんな風に見えた。反省とか後悔とか、そういう感情の。反省？　まさかあの社長がねえ。

私は思わず首を横に振って、積み重ねられている紙の山に手を伸ばした。わからなくならない程度に揃えていると、間からはらりと写真が落ちてきた。折れ曲がったそれを拡げると、優しそうな微笑みを浮かべた女の人と、その隣には社長が写っていた。背景に湖が広がっているから、きっと夫婦で観光旅行をしたときの写真だろう。社長はいつものように仏頂面だったけど、寄り添うように立っている奥さんはニコニコと笑っている。そんな二人を見ていると、私が入るちょっと前までここで繰り広げられていた光景が目に浮かんでくるようだ。

奥さんが怒鳴り散らす夫を「まあまあ」となだめ、怒鳴られた方に「大丈夫よ、気にしないで」とフォローする。その後はあの湯呑に美味しいお茶を入れてあげて、社長はやっと機嫌を直したのかもしれない。私の入れたお茶はいつもほとんど手つかずで、お陰で机を叩くたびにこぼれていたけれど。

そうか……今は怒鳴りっぱなしというわけにはいかないんだ。奥さんがいない分、自分で気持ちを落ち着けなければならない。だから大きなため息が必要になるんだろうか。

「休んでもどうってことない」という捨てぜりふは、奥さんの代わりに社長が伝えてくれた「休んでも大丈夫だから」っていう、不器用なフォローだったのかもしれない……。

私は折れ曲がった写真を丁寧に伸ばすと、社長からよく見えるようにパソコンのモニターに立てかけた。今日は美味しいお茶を入れてあげようと思ったとき、社員たちが出勤してきた。


そのあと、お茶を入れている暇なんかまったくなくなってしまった。うちの会社が設計した配電盤がショートを起こし、発注先の工場で火事があったという連絡が入ったのだ。こちらの設計ミスなら莫大な損害になる。朝から事務所は大騒ぎになった。

急きょ社長をはじめ社員たちが現場に向かうことになり、園田さんと私だけが事務所に残って電話での対応をすることになった。バタバタと準備をする中、社長が「おい」と私を呼んだ。

「最後だったっけ？　今日」

「はい」と答える間もなく他の社員に急かされ、結局なにも言わずに社長は行ってしまった。

「だったっけ？」って……。まあ、思い出しただけ偉いと考えよう。社長の机を見たら、立てかけてあった写真がなくなっていた。やっぱり余計なことだったのかもしれない。最後の嫌味でも言うつもりだったのだろうと思ったが、電話の対応に追われてすぐに忘れた。

夕方になって、ようやく電話も落ち着いてきた。長谷川さんからの連絡で、事故はうちではなく工場側のミスだということがわかり、私と園田さんはホッとして思わず顔を見合わせた。

気がつけば、五時をとっくに過ぎている。

「原さん、明日引っ越しですよね。もう上がってください。あとは私一人でやりますから」

園田さんに言われて席を立った。「お世話になりました」と頭を下げる私に、園田さんも立ち上がり「こちらこそ、ありがとうございました」と、いつもの今風ではない口調で頭を下げた。

「みんなを代表して言いました。全員そう思っていると思います」

また電話が鳴り出して「一人で大丈夫?」と聞くと、「はい!」と元気な声が返ってきた。

「もう新人じゃないですから」


彼女は、自分でスイッチを入れたんだなあ……。

自転車の鍵を外しながらしみじみ思った。私はこの一年間、スイッチを入れたことがあったんだろうか。前の会社はよかった、こんな町は嫌いだ、どうせすぐにいなくなるんだからと、誰ともちゃんと向き合わずに過ごしてきた。剛志の言う通り、一年間、もったいなかった……。

窓の開いた四階から電話の音がして、すぐ止んだ。もうすぐ社員たちも帰ってくる。明日も今日と同じ。パートが一人いなくなったところで、何も変わらず会社は続く。

ふと涙が出そうになって、私はやっと自転車を漕ぎだした。


次の日、引っ越してきたときと同じように、トラックには夫が乗って、私と剛志は電車で行くことにした。「最後に電車の窓から学校を見たい」と剛志が言い出したからだ。あれだけ嫌がっていた学校なのに、剛志にとって忘れられない場所となったのが嬉しかった。

「お母さん、僕、この町に来てよかったよ」

剛志は後藤くんたちからもらったプレゼントを大事そうに胸に抱えている。「またいつかサッカーしような」「もっと早く友だちになりたかった」「忘れないでね」とメッセージが書かれたサッカーボールだ。

私は「そうだね」と頷いた。私はこんな風には笑えないけど、それでも「もう新人じゃないですから」と言った園田さんの頼もしい顔が、私のこの町での大切な思い出になっている。

電車が走り出してすぐ、小学校が見えてきて、剛志は身を乗り出した。

「後藤くんたちがグラウンドから手を振るからって言ってたんだ。いるかな?」

ドラマじゃあるまいし。子どもらしい発想に思わず笑ってしまった。

「授業中だし、そんなことできるわけないよ。先生に怒られるでしょ」

剛志は窓に顔をくっつけて一生懸命見ていたが、一年生らしい生徒たちが体操をしているのが見えただけであっという間に過ぎ去ってしまい、「あーあ」と残念がっていた。

町の風景が次々と後ろに流れていく。剛志が後藤くんたちとサッカーをした公園、私がパート帰りによく立ち寄ったコンビニ……。

初出勤の日、さっそく社長に怒鳴られて悔しくて、あそこでビールを買って飲んだんだっけ。店先で一気飲みしたのを大橋さんに見られていて、次の日に「ヤケ酒飲むようなことじゃないでしょ」って怒られた。いや、怒ったんじゃないな……どうして怒られたと思ったんだろう。今ならわかる。大橋さんは、気にすることないって言いたかったんだ。

あの赤い提灯の居酒屋は、社員の人たちがよく飲みに行っていたところだ。何度か誘われたけど、私は理由をつけて断り続けていた。「付き合い悪いっすねー、そんなんじゃ友だちできませんよ」と長谷川さんに言われたのが胸にこたえて、ぜったい行くもんかって意地になってしまった。ちょうど前の週に剛志のクラスの懇談会があったのだけど、お母さんたちにはもうグループができていて誰とも話せず、ちょっと落ち込んでいたときだった。あの一言がそんなにショックだったなんて、長谷川さんは夢にも思っていないと思う。

今まで思い出しては腹を立てていた嫌な出来事も、私がちょっとだけスイッチを入れてちゃんとみんなと向き合っていたら、今頃は笑い話になっていたのかもしれない。お別れのあいさつもできなかった。社長の最後の嫌味も、聞いてあげられなかったな……。

そういえば、もうすぐ会社のビルも見えるはず。剛志のような思い入れはないけれど、ちゃんとこの目に焼き付けておきたくなった。一年間、自転車を漕いで、坂を上るときは息を切らせて、雨の日は合羽を着て、帰りはため息ばかりだったけど、毎日毎日通った会社……。

そのとき、携帯が鳴りだした。電車の中でどうしようかと思ったけど、会社の番号が表示されているのを見て、私は「もしもし……」と小さな声で電話に出た。

「原さんか?」

社長からだった。

「すみません、今、電車の中なんです。もうすぐ会社が見えてくる所で……」

「えぇ?」と不機嫌そうな声と舌打ちの音がして、ガチャリと電話が切れた。

……なに、今の。

携帯を見つめたまま、しばらく呆然としてしまった。「お疲れさま」という一言をちょっとでも期待してしまった自分が情けない。まさか本当に最後の嫌味を言いに、わざわざ電話してきたのだろうか。さっきまでの感傷的な気分が吹き飛んだ。

ポケットに携帯をねじ込んだとき、剛志が「お母さん、あれ!」と窓の外を指さした。

「お母さんの会社だよね？」

見慣れた五階建の建物、その四階部分の窓から身を乗り出して、手を振っている人がいる。

「社長……？」

驚いて見ていると、次々と窓が開いて、園田さんが、大橋さんが、藤田さんまでもが顔を突き出して手を振り始めた。最後に長谷川さんが割って入って来て、大きな紙を拡げて見せた。

『ありがとうございました！』

慌てて書いたのだろうけど、練習した割には変わっていない。最後に社長だけが手を振るのをやめ、じっと下を向いていたのがチラッと見えたけど、すぐに視界から消えた。

本当に……手を振り返す間もなかった。

「いいなー、いいなー、お母さん。ぼくもやってほしかったなー」

本気で羨ましがる剛志の声に、やっと我に返った。

「……ほんとに……なんなんだろうね、みんな子どもみたい。ドラマの見過ぎだって言うの」

まだ胸がドキドキしていた。

あの社長が、こんな子どもみたいなことする人だなんて初めて知った。みんな、あんなにいい笑顔するんだってことも初めて知った。一年間も一緒に働いてきたのに、最後の今になって初めて知ることが、こんなにもたくさんある。

「お母さんも、友だちができたんだね。よかったね！」

剛志の嬉しそうな声に「うん、そうだね」と答えたら、ふと涙が出そうになった。

「あれ？　携帯鳴ってるよ」

剛志に言われて、涙をごまかしながらポケットから取り出したら、園田さんからのメールだった。なにかわからないことがあったんだと思って慌てて見た。

『社長が頭を下げながら「ありがとう」と言ってました。あの社長がですよ！　みんなびっくりして大騒ぎです。貴重な「ありがとう」聞こえたはずもないので、代わりにお知らせしておきまーす』

「お母さん、どうしたの？」

剛志が心配そうに私の顔を覗き込んだ。いつの間にか、涙がこぼれ落ちている。

「ねえ、お母さんもこの町に来てよかったな……」

私は涙を拭って笑うと、そっと携帯を胸にあてた。剛志もつられて笑うと、サッカーボールを大事そうに胸に抱えた。窓の外を見たら、この町に来たときと同じように、川がキラキラと輝いていた。

電車は橋を越え、川を渡り、思い出のいっぱい詰まった町をあとにした。

子供たちには手の届かない、洋服ダンスの一番上の引出し。畳んで収められた衣類の一番下に、そのノートはしまわれていた。厳重にタオルで包まれて。

「絶対、あいつらに見つからないようにしろよ」

そんな真剣な顔、できたんだ。そう言ってやりたくなるような顔で病院のベッドの上にあぐらをかいた耕ちゃんから、その言葉と共に託されて、半年前、私がここに隠したのだ。

――半年前。薄緑色の紫陽花が藍色に染まり始める頃、私の夫、耕一はこの世を去った。三十二歳だった。風邪もひいたことがないような人だったのに、たった四ヶ月の闘病だった。

「死守せよ！」

泣きながらノートを受け取った私を笑わせようと、ふざけてそんなことを言った耕ちゃんに、冗談でも『死』なんて単語を使ってくれるなと、あの時は本気で腹が立ったっけ。そして、ものすごく悲しかった。彼がどんな気持ちでこれを書いたのか。それを思うとたまらなかった。

――ダメだ。このままだと、またあの絡み付くような重くて冷たい波にのみ込まれてしまう。軽く頭を振って気持ちを切り替える。私は今、やらなければいけないことがあるのだ。

タオルの包みを解こうとして、ふと手を止めた。――『あいつら』がちゃんと眠っているか、確かめてからの方がいいかもしれない。

耕ちゃんがいなくなってから、二人ともすっかり寝つきが悪くなり、眠りも浅くなってしまった。時々夜中に目を覚まし、「おとう、おとうは?」と、泣きながら私のところへやってくる。

『おとう』――耕ちゃんは子供たちに、自分のことをそう呼ばせていた。

『パパ』は憧れないこともないけど恥ずかしい。『お父さん』はキャラじゃない、そんな訳のわからないことを言って。私のことも『おかあ』と呼ばせようとしていたけれど、そんな時代劇みたいな呼び方、絶対に嫌と断固抗議し『ママ』と呼ばれる権利を勝ち取った。

けれど今になって、私はそれを後悔している。おかあでよかった。それであの人が喜んでくれるなら、時代劇でも西部劇でも何でもよかった。

音を立てないように子供部屋のドアを開く。豆球の灯りの中で、棚の上のデジタル時計が音もなく日付を変えた。二段ベッドの下段をそっと覗き込むと、小学一年生のお姉ちゃん、明日香が平和な寝息を立てている。ぱっちりとした目の愛らしい、我が娘ながらなかなかの美人だ。

猫のように上がったまなじりは私譲り。そして、その目が与えてしまいがちな少しきつい印象を相殺してくれる、何だかいつも笑っているようにクルリと口角の上がった唇を、耕ちゃんは明日香にプレゼントしてくれた。

上段で眠っている五歳の息子、翼の目は反対に、耕ちゃん譲りのやっぱり何だかいつも笑っているような下がり目だ。いや、『笑っているような』ではなく、実際に耕ちゃんは、いつも笑っていた。私たちが付き合い始めた十七歳の時にはもう、彼の目尻にはくっきりと笑いじわが刻まれていたっけ——。だめだ。今、あの笑顔を思い出しては。

思い出の波をなんとか堰き止め、今度は翼の寝顔を覗く。——まただ。また親指をくわえている。とっくにやめていたはずの指しゃぶりがすっかり復活してしまった。翼が通う保育園の園長さんは「一時的なものでしょう。心配し過ぎないで」と励ますように言ってくれたけれど、どんな言葉よりも強く、淋しさを訴えられているように感じて辛い。思わずそっと、翼の頬を撫でる。このふわふわの頬にいずれ髭が生えてくるなんて、とても信じられない。そして、その時、きっと大張り切りで髭の剃り方を教えただろう人が、もうどこにもいないってことも。

二人が目を覚ましそうにないのを確認し、私はそっと子供部屋をあとにした。

寝室に戻り、再度引出しからノートを取り出す。呼吸を整え、そっとタオルの包みを解いた。

『サンタ・マニュアル』

表紙に大きくマジックで書かれた、懐かしい彼の字が目に飛び込んできた。

まるで小学生のような、下手くそなその文字を見ただけで、どうしようもなく涙がこみ上げてくる。だから私は半年もの間、このノートを開くことが出来なかったのだ。指の腹で乱暴に涙を拭う。泣いている場合じゃない。もうイブまで十日を切ってしまっている。

いい加減、サンタクロースになる準備を始めなくてはならない。


明日香が生まれたその年から、耕ちゃんは毎年のクリスマス、『サンタクロース』になりきることに全力を尽くしてきた。

子供が十歳になるまでは、サンタの存在に一分の疑いも抱かせてはならない、それが親としての使命だと、おそらく何の根拠もないだろう自説を何度も私に熱く語って聞かせていた。そして耕ちゃんは、それを見事に実現させていたのだ。

明日香も翼も、サンタの存在を固く固く信じている。それこそ、一分の疑いもなく。

――自分はもう、次のクリスマスまで生きられない。

そう悟った耕ちゃんが何よりも心配したのは、『サンタの引き継ぎ』だった。そんなことより心配するべきことは山ほどあったはずなのだけれど、その時は私も耕ちゃんも真剣だった。

なぜなら、私はサンタのやり方を全く知らなかったから。

「二人で動くと、勘付かれる可能性も倍になる」そう言って、耕ちゃんはサンタに関しては私には一切触らせず、六年間、一人で全てを遂行してきたのだ。

「敵を欺《あざむ》くにはまず味方から」――そんな、それこそ時代劇のようなことを言い、プレゼントをいつどこで買ってきて、当日までどこに隠しておくのかも、一切私には知らせなかった。イブの夜、いつ子供たちの枕元にプレゼントを置いたのか、それすらも私には気付かせなかった。

クリスマスの朝、朝食の支度をしていると、いつも起こす時間よりもずっと早く、子供部屋から明日香と翼の喜びの絶叫が聞こえてくる。そしてすぐにドタドタと興奮した足音を響かせて、「おとう！　ママ！　見てみて！　サンタ来た！」と、それぞれのプレゼントを抱え、二人はリビングに駆け込んで来る。すると耕ちゃんが、「うわっ、サンタの野郎、いつの間に！　また今年もやられたか！」なんて、大袈裟に驚いたふりをする。

それが私たちの、『いつものクリスマスの朝』だった。少なくとも、翼が十歳になるまでは続くのだろう。子供たちがサンタを信じるように、私も一分の疑いもなく、そう信じていた。

けれど、もう二度と、そんな奇跡のように幸福な朝はやってこない。

今年からは、私がサンタだ。失敗は絶対に許されない。耕ちゃんの今までの努力を無にしてしまうわけにはいかないのだ。

私は姿勢を正して、ノートのページを開いた。

白んだ空に月が溶ける頃、私はやっと最後までノートを読み終えた。思わず深く息をつく。

サンタ・マニュアルは、まさに『パーフェクト』の一言だった。

欲しがっている物を正確に把握する方法（『サンタさんへの手紙』に頼らない。それはむしろ、最終確認！　との但し書き付き）や、玩具屋、本屋、画材店、楽器店……等、ありとあらゆるプレゼントを想定して、その購入に適した店が地図付きで記されている。更に、様々な注意事項が詳細に書かれていた。通販で買ってはダメ。（配達の時間指定をしても、トラブルで子どもたちがいる時間に届いてしまう可能性があるから）。店名の入っている包み紙はダメ……。

そして、プレゼントの大きさや材質、形状ごとに適した隠し場所、寝室に入るタイミング、服装の指定（例、スリッパ禁止。足音防止と、いざという時の機敏な動きを妨げるため）、枕元への置き方、置く前の確認事項、万が一、子供たちが目を覚ましてしまった時の対処法……。

そんな、ありとあらゆる『サンタの作法』が、全ページ、ぎっしりと書き込まれていた。

こんなにやるべきことがあるなんて――。私がそう不安になるのを見透かしたかのように、

『ピンチになったら、本物のサンタが助けに来てくれるから、安心しろ』

最後のページには、そんなことが書かれていた。確かに少し、心が軽くなった。

翌日から行動を開始する。まずは、欲しい物のリサーチだ。マニュアル通りに、テレビで子供番組の合間に流れる玩具のCMへの食いつき具合や、何気ない会話の中に注意を向ける。更に、『買い物の時、わざと玩具売り場や本屋を通過して、その時の目線の動き、何の前で足を止めるか、実際に手に取る物は何かをチェックする』という言葉に従って、日曜日に三人で大型スーパーへ出かけた。思い返せば、耕ちゃんが亡くなってから初めてだ。けれど、大好きだった玩具や本の売り場に来ても、明日香も翼も以前のようにはしゃがない。いやにベタベタと私にまとわりついてきて、「まだ帰らないの？」なんて聞いてくる。

理由はすぐにわかった。クリスマス前の玩具屋は、いつにもまして家族連れが多い。父親に手を引かれてたり、抱かれたりしている自分と同じ位の年頃の子供たちを見て、何も感じないほど明日香も翼も幼くはないのだ。失敗した。まだ少し早かった。

「お腹空いたね。ハンバーガー買って帰って、この前借りたDVD観ながら食べようか」

そう提案すると、二人はやっと笑顔を見せてくれた。

仕方ない。今回はちょっとズルをして、早い段階から『サンタさんへの手紙』に頼ろう。

帰宅後、ハンバーガーを食べながら、出来るだけさりげなさを装って切り出した。

「そういえば、そろそろ書いた方がいいんじゃない？　サンタさんへの手紙」

まあ、ママは別にどっちでもいいんだけどね。そんな空気を醸し出しつつ。

きっと私と同じように、この子たちにとってもクリスマスの思い出は、耕ちゃんの思い出とセットになっているに違いない。だから少し怖かった。きっとこの半年、この子たちなりに少しずつつけ始めているだろう耕ちゃんの不在に対する折り合いに、水を差してしまうことになりかねないと。けれど、明日香と翼は意外なことに、顔を見合わせ、クククッとおかしくてたまらないのを必死で抑えているように笑い、「もう書いてあるもんね」「ね」と頷きあった。

え、何だ、そうなの？「あ、じゃあママ出しとくから。あとでここに置いといて」

いかにもさり気なく、テレビに目を向けたまま軽くテーブルを叩いてそう言うと、二人はまた、これからとっておきのいたずらをするかのように、額をくっつけ合って笑った。

「ママ、絶対、絶対見ちゃだめだからね！」

明日香に何度も言われたが、もちろん私は子供たちが寝静まったあと、『サンタさんへの手紙』を開封した。――マニュアル通り、トイレの中で。何でトイレ!?　と一瞬衝撃を受けたけれど、確かにここなら、手紙を読んでいるところを子供たちに見られてしまう心配は一切ない。家の外に持ち出して読めばいいのではとも思ったが、あの子たちは時々、「お土産はー?」などと言いながら、勝手にバッグを開けてしまうことがある。『サンタ・マニュアル』は、そんなあらゆる危険や可能性を想定し、練り込まれていた。

読み終えた手紙はトイレから持ち出さず、トイレットペーパーなどのストックが収納されている吊戸棚に隠された、クッキーの空き缶の中に保管する。これで万が一、トイレから出た時に子供たちと鉢合わせしても安心だ。ストックを戸棚にしまうのは、背の高い耕ちゃんの役目だった。だから私は、こんなところに手紙が保管されていることも知らなかった。

背伸びをして棚の奥を確認する。——あった。中に明日香の手紙が三通、翼の手紙が二通。二人とも、三歳から手紙を書き始めた。初めて目にしたはずなのに、なぜだか懐かしさでいっぱいになり、私は今年の手紙を開封する前に、缶の中のそれをそっと開いてみた。

そして、私は理解した。マニュアルに書いてあった『手紙に頼るな』。その本当の意味を。

——判読できないのだ。書かれているのは、きっと本人は文字を書いたつもりだろう、不可思議な記号だった。どうしてそんなことに気付かなかったのだろう。明日香はともかく、翼はまだやっと、お手本を見ながら自分の名前が書けるようになったばかりじゃないか……。

己の間抜けさ加減にめまいを覚えつつ、それでもせめて、絵でも描いてあればと祈りを込めて今年の手紙を開封した瞬間、私は更なる混乱に突き落とされた。

読めなかったわけではない。二通ともしっかりと判読可能な文字で書かれていた。翼はきっと、明日香の手紙をお手本に書いたのだろう。二人の手紙の文面は、全く同じものだった。

『おとうにあわせてください』

はっきりと、大きな文字でそう書かれていた。

どうしよう――。手が震える。新人サンタにはハイレベル過ぎる発注だ。耕ちゃんならどうするだろう。いや、そもそも今耕ちゃんがいてくれたなら、こんな難問は起きなかった。無性に腹が立ってくる。どうしたらいいんだろう。何か他の玩具でお茶を濁そうか。解決法が書いてある訳はないけれど、とりあえずサンタ・マニュアルをめくってみる。すぐに手が止まった。

一ページ目、まず一番初めに、大きな赤字で書かれている文章。

『一番、本当にほしいものを、正しくあげる』

耕ちゃんはずっとこれを守ってきた。二人が一番、本当に欲しいものを完璧に見抜き、毎年正しくあげてきた。だって、サンタクロースがそれを間違えるはずはないのだから。

――『おとう』の代わりになるものなんて、他にあるわけがない。

解決法が見えないまま、ついにイブの前日を迎えてしまった。追い詰められ、不本意ながら私は、保険として玩具のプレゼントも用意した。明日香には子供用のビーズのセット、翼にはヒーローの変身セット。マニュアル通り、テレビのコマーシャルで三回以上、動きを止めて見入っていた商品だ。それでも、二人の「一番、本当にほしいもの」はこれじゃない。

完全にピンチです、サンタさん。助けに来て下さるなら今です！　本気でそんなことを念じながら食卓に夕食の皿を並べている時、思わぬところから救いの手が差し伸べられた。

明日香と翼が毎週楽しみにしている、魔法を使える少年少女たちが活躍するテレビアニメ。

その日のストーリーは、交通事故で姉を亡くした少年を悲しみの淵から救い出そうと、魔法使いたちが奮闘する、というものだった。耕ちゃんが亡くなってから、出来るだけ『死』を扱うテレビ番組は避けてきたのだけれど、明日のイブが気がかりで、ついうっかり事前に番組内容をチェックするのを忘れてしまっていた。そっと子供たちの様子を窺《うかが》うと、特にトラウマが刺激されている様子もなく、夢中で観続けている。急にチャンネルを変えるのは却って不自然だろう、と一緒にテレビをながめていると、その物語の結末は、亡くなった姉の魂が魔法少女の一人に乗り移り、その身体を借りて弟に想いを告げるというものだったのだ。——これだ、と思った。これしかない。

翌日、クリスマスイブ本番。鶏のモモ焼きと大きなケーキを買ってきて、三人で食べた。明日香と翼は異常にテンションが高い。私は一人、大仕事が控えている緊張と、去年までこのパーティーで一番大騒ぎをしていた人がいないという淋しさに、ひきつった笑いを返すことで精いっぱいだった。せっかくのご馳走も、ろくに喉を通らない。

「今日、サンタに何おねがいしたか、知ってる？」

翼が生クリームをいっぱいつけた口を大きく開けて、突然私に聞いてきた。

「えっ……あ、うーん、なんだろう……」不意をつかれ、思わずしどろもどろになっていると、明日香が「翼！」とたしなめるように口を挟み、しーっと唇に人差し指を当てた。

何よ。教えてくれてもいいじゃない。二人だけでおとうに会うつもり？　そんな、ちょっとすねたような気持ちになりながらも、心臓はもうバクバクだった。


夕食後、二人は私に言われる前にお風呂に入り、いつもより一時間も早く「おやすみなさい」と、子供部屋に駆け込んで行った。その間ずっと、あのクスクス笑いが絶えることはなかった。

今日のプレゼントは、子供たちが眠ってからでは意味がない。というより、きっと眠らないで待っているだろう。子供たちにとっても、いつもとは反対に、寝てしまってはもらうことが出来ないプレゼントなのだから。

そろそろ行かなくてはならない。一人芝居の幕を開けなくてはならないのだ。本当にうまくいくのだろうか。不安でいっぱいになり、私はまた『サンタ・マニュアル』を開いた。今年のプレゼントに役立つ情報は何も書かれていないとわかっている。それでも何かにすがりたかった。ぎっしりと書き込まれたノートをめくる。そして、気付いた。

最後のページ、『ピンチになったら、本物のサンタが助けに来てくれるから、安心しろ』と書いてあるその下に、消しゴムで消された文字のあとがある。何だろう。何だかとても気になって、私はその文字の跡をそっと鉛筆でこすってみた。白く文字が浮かび上がる。

『ピンチになったら、俺が助けに行ってやるから、安心しろ』

耕ちゃんはちゃらんぽらんな人だけど、出来ない約束は絶対にしない人だった。

それでも、嘘でもいいから、この文字はそのまま残しておいて欲しかった。

そして私は、もう一つ気付いてしまった。ページの隅にポツンと一つ、小さな水滴のあと。

——弱気になってる場合じゃない。耕ちゃんが守りたかった『サンタ』は、私が死守する。


深呼吸をして、手の平に人という字を書き、のみ込んだ。意を決し、子供部屋のドアをノックする。相手が子供といえどドアを開けるときはノックする。それも耕ちゃんのポリシーだった。そして彼は、子供部屋のドアもトイレのドアも、必ずこのリズムでノックした。

トントトトントン、トントン。

「キャーッ!」中から明日香と翼の歓喜の叫びが聞こえてくる。ドスン、とベッドから飛び降りる音が二人分、そして「おとう！」という声と共に、凄い勢いでドアが開いた。これ以上にないほど、喜びに輝いていた明日香と翼の満面の笑みが、私の顔を認めた途端、すっと消える。

大丈夫。これは想定内だ。

「よっ！　お前ら、元気だったか？」

笑顔が消えた二人の表情が、今度は怪訝そうに曇る。そりゃそうだ。

「何だよ、その顔。俺だよ、おとうだよ」

「……ママじゃん」

低い声でそう呟いた聡明な姉を、翼がすがるように見上げた。明日香はまるで不審者を見るような目つきで私を見ている。仕方がない。奥の手を出そう。

「おとうマン、参上！」

続いて、『コマネチ』のようなポーズをとる。死ぬほど恥ずかしい。耕ちゃんは何度も私に「おかあマン」として、このポーズをとることを強要してきたけれど、私は断固として拒んできた。それは、子供たちも知っているはずだ。

「……おとう？」翼が、耕ちゃんそっくりの目を丸くし、小さく首をかしげる。

やった。やっぱり『おとうマン』の効果はてきめんだ。明日香の表情はまだ固い。

「……何で、ママなの？」私を見上げて翼が言う。その答えを、ぬかりなく私は用意していた。

「ほら、おとう、今身体持ってないからさ、ちょっとママの借りてんだよ」

「……お姉ちゃん、今日のマジカル学園と同じだ！」

ハッ！　と息を呑み、そう言った翼の顔が、光が当たった様にみるみる明るくなっていく。

「おとう！」翼が、いつも耕ちゃんにそうしていたように、ジャンプして首に飛びついてきた。

ズシっと一気に重みがかかり、よろけそうになるのをなんとかもちこたえる。

この後、首にぶら下がる翼を抱き上げて、「ばびょーん！」と言いながら一気に肩車するのがいつもの流れだ。私にできるだろうか。やるしかない。

「ばびょーん！」グッと足を踏んばって翼をバーベルのように持ち上げる。火事場の馬鹿力とはこのことか。意外なほどすんなりと翼は肩に納まった。けれど翼は、すぐに肩車から降りてきて私の腰にしがみつき、無言でお腹に顔を押し付けた。じわじわと、生温かい翼の涙が私の服にしみこんでくる。胸が苦しくなった。――しっかりしろ。まだ始まったばかりなんだから。

明日香はまだドアの前につっ立ったまま、じっと私を見つめている。さすがに小学生は手ごわい。何て声をかけようか迷っていると、明日香が先に口を開いた。

「おとうにあげたおまもりの色、何色だったでしょうか」

そして、泣き出すのをこらえているかのような目で、真っ直ぐに私を見つめた。

――試しているんだ。おとうしか知らないはずのことを聞いて、それに答えられるかどうかで、本当にママにおとうが乗り移っているのかどうか、見極めようとしている。なかなか賢い。思わぬ娘の成長に感動しながらも、私は頭を巡らせる。――あれのことだ。間違いない。耕ちゃんが入院したばかりの頃、明日香がビーズでブレスレットのようなものを作って耕ちゃんにあげたのだ。お小遣いが足りなくてママの分、ビーズ買えなくて作れなかったから、ママには内緒ね。これ、お守りだからね。病気なんてすぐ治っちゃうからね。そう言われたと、耕ちゃんは私に百回くらい自慢した。

「青と、赤と、緑が順番に輪っかになってるやつだよな」

頑《かたく》なだった明日香の表情が一気に歪む。大きな目からポロポロ涙をこぼし、叫んだ。

「おとう!」

そして、タックルするように抱きついて来た。

不思議な時間だった。二段ベッドの上段に三人並んで座り、長い時間おしゃべりをした。明日香と翼は私の両脇にぴったりくっついて、争うように次々と脈絡なく、そしてとめどなく、この半年の間に起きた様々なことを機関銃のようにまくしたてた。

二人はもう、私に耕ちゃんが乗り移っていると信じて疑わなかった。

耕ちゃんの喋り方、仕草、笑い方、その全てを私は完璧にコピーした。

高校で出会ってから十四年間、ずっと見てきた。誰よりも、傍にいた。耕ちゃんのことは、何でも知っている。どんな小さなことも、全部覚えている。

両手で髪の毛をかき回すように、少し乱暴に明日香と翼の頭を撫でる。二人とも、こうやって撫でられるのが大好きだった。それから、私も。耕ちゃんは私の頭もそうやって撫でていた。「髪型がグシャグシャになっちゃうじゃん」高校生の頃から私はいつも、口を尖らせ、そう文句を言っていたけれど、本当はすごく嬉しかった。彼の手は大きくて、そして温かかった。

明日香が夢中で話す学校での楽しかった出来事に、お腹の底から大声で笑う。耕ちゃんがそうやって笑っている声が大好きだった。電車の中でも映画館でも、そして病院でも、所かまわず大声で笑うから、いつも「しっ」と不機嫌な顔でたしなめていたけれど、本当はいつでも、いつまでも聞いていたいくらい、耕ちゃんの笑い声が大好きだった。涙がこぼれそうになる。

耕ちゃんが好きだ。耕ちゃんの全部が大好きだ。でも、もう絶対に会えない――。

いけないいけない。無理やり頭を切り替える。私は今、おとうなんだ。

ガクン、と翼の頭が大きく揺れた。顔を覗き込んでみる。翼は上下の瞼がくっつきそうになっているのを必死で耐えていた。時計を見ると、そろそろ日付が変わる時間だ。

「眠いか、翼」

手の甲で頬をさすりながら聞いてみる。これも、あの人のいつもの仕草。

ハッと目を見開き、翼は「ねむくない！」と、びっくりするほど大きな声で叫んだ。

「ねむくない！　おとう、帰らないで！」ギュッと思い切り力を入れてしがみついてくる。

「やだやだやだ！　帰っちゃやだ！」

「おとうも帰りたくないけどさ」

グッと胸に込み上げてくるものに耐えながら、私は用意していたセリフを言った。

「時間が決まってるんだよ。ママの身体にいられる時間が、もうすぐ終わっちゃうんだ」

まるでこの世の終わりみたいな顔をして、翼が私の顔を見つめる。

——そんな顔すんなよ。おとうだってずっとお前らといたいんだよ。

心の中なのに、無意識に耕ちゃんの口調でそうつぶやいた時、私と翼のやり取りを黙って見つめていた明日香が、突然大きく声を上げた。

「待って！　おねがい、おとう、あとちょっとだけ！　おねがい！」

そして、すがりつくように私の両手を強く握って、叫ぶように言った。

「おねがい！　おとう、明日香に乗り移って！」

予想外の明日香の言葉に、一瞬頭が真っ白になる。明日香に乗り移る？　どうして？　どういうこと？　意図がわからず返事が出来ないでいると、明日香は必死な目と声でこう続けた。

「ママにも会って。おねがい、おとう、明日香に乗り移って、ママとお話し、してあげて！」

——何てことだ。本当に、何てことだ——。

言葉を発すると泣き出してしまいそうで、私は黙って明日香を見つめた。

「今日、サンタさんにおとうと会わせてっておねがいしたこと、ママには内緒にしてたの。だって、もしおとうが来れなかったら、ママ悲しくなるから、だから……」

考えもしなかった。そんな風に思ってるなんて。翼も言った。

「ママ、ケーキ、ちょっとしか食べなかった」

明日香が続けた。

「ママ、夜ね、時々泣いてるの。おとうに会いたくて泣いてる」

知らなかった。見られていたなんて——そう思った直後に、私は気付いた。

明日香や翼が夜中泣きながら起きてくる時。それは決まって、私が泣いている時だった。

「おとう、早く」

明日香が私の両手を強く握ってそう言った。

「それは……ちょっと……」できねぇんだよなぁ。耕ちゃんのあのふざけた感じでそう続けようとしたけれど、そこでどうしても堪えることができず、嗚咽がもれてしまった。

まずい、止めなきゃ。そう思えば思うほど止まらなくなる。

「おとう、どうしたの!?」

明日香と翼が飛びつくように聞いてくる。

いけない。ちゃんとやらなきゃ。最後まで、耕ちゃんを演じないと。耕ちゃんは一度だって子供たちの前で涙なんか見せたことはなかった。病気が進行し、痛みが酷くなった時も、二人の前ではいつも笑っていた。それから、命の期限を告げられた日だって――。

でもだめだ。私には出来ない。耕ちゃんみたいに笑えない。もうどんな顔をすればいいのか、何を言えばいいのかわからない。失敗だ。耕ちゃんごめん。今年のサンタは失敗してしまった。

「――嬉しいんだよ」

え、今、誰が言ったの？　一瞬、そう思った。全く無意識に、私の口から出た言葉だった。

「明日香がそんな風にママのこと思ってくれるような優しい子だってことが、おとう、嬉しいんだよ。嬉しくてさ、泣けてきちゃったんだよ」

不思議な感覚だった。口が勝手に動くかのように、スラスラと言葉が出てくる。まるで――。頭によぎった考えを慌てて打ち消す。そんなことあるわけない。あまりにも子供じみた妄想だ。でも、そう思わずにはいられなかった。

まるで――本当に耕ちゃんが、私に乗り移ったみたいに。

「翼、翼は!?」翼が膝によじ登って来る。

「もちろん、翼もだよ。明日香も翼も、世界一いい子だ。だから、ママは大丈夫だよな。世界一いい子が二人もついてんだから」

明日香が真っ直ぐ、私の目を見つめる。いや、彼女が見つめているのは『おとう』の目だ。私と良く似た明日香のその目に、みるみる涙がたまっていく。けれど明日香は、その涙を飲みこむように、耕ちゃんそっくりの唇をグッと引き締めて、泣かずに大きく頷いた。翼も慌てたように首を縦に振る。そして明日香は、ふるえるような声で、そっとたずねた。

「――おとう、また会える？」

どう答えるべきなんだろう。安易に「会える」なんて言うべきではない気がする。でも……

そう迷った瞬間、再び口が勝手にしゃべった。

「もちろん。会えるに決まってんだろ」

ちょっと、何勝手なこと言ってんのよ！　心の中でそう突っ込んでいると、

「ほんと？　ほんとに!?　絶対!?　じゃあ、次のクリスマスも来てくれる!?」

明日香が言った。さっきまでとは打って変わった、幼児のような甘えた声で。

近頃急に『しっかりしたお姉ちゃん』になった明日香のこんな声を聞くのは久しぶりだった。

「わかった。来るよ。約束する」

今度は私の意志で、しっかりとそう答えた。

「きゃーっ！」と歓喜の叫び声を上げ、明日香と翼が飛びつくように抱きついてくる。

それが正しいことなのかはわからない。けれど、翼が十歳になるまで続けよう。

――クリスマスに私は、耕ちゃんになる。

そう強く決意した時、ふと遠くから、鈴の音が聞こえたような気がした。


「起きて！　ねえ、起きて！」耳元で明日香と翼の甲高い声が響き、私は目を覚ました。いつもと違う天井が目に入り、一瞬わけがわからなくなる。

ハッと意識がクリアになった。

――寝ちゃったんだ。昨日、耕ちゃんになって、子供たちと深夜までベッドで話をして、「寝るまで一緒にいて」とせがむ明日香と翼を両脇に抱き、そのまま私も寝てしまったんだ。

しまった。プレゼント、せっかく買ってあったのに……。

「昨日ね、来たんだよ！　おとう、来たんだよ！」

「きた！　おとう、きた！」

明日香と翼が弾んだ声でそう告げる。胸の中にふんわり丸くてあったかい何かが広がった。

良かったんだ。誰が何と言おうと、やって良かった。

「うそでしょ!?　本当に!?」

去年までのクリスマスの朝の耕ちゃんみたいに、私は大袈裟に驚いたふりをする。

これで更に枕元にプレゼントが置かれていたら、二人ともどんなに喜んでくれたことだろう。

残念だけれど仕方がない。これが新人サンタの限界だ。きっと耕ちゃんも「上出来だ」と褒めてくれるだろう。そして、いつものあの笑顔で、クシャクシャと頭を撫でてくれるはずだ。

「あとね、あとね、見てみて、おかあ！　ビーズ、もらった！　こんなにいっぱい！」

「翼も！　翼、バキレンジャー！　見てみてみて、ほら、おかあ！」

え――。

どうして……。忘れてしまっているだけで、私はちゃんとプレゼントを置いたのだろうか。

そんな記憶はひとかけらだってない。混乱した頭の中に、もうひとつ引っかかったことがある。

「……あんたたち、今ママのこと、おかあって呼んだ？」

すると明日香と翼は顔を見合わせて、ククククッと楽しそうに笑った。そして明日香が言った。

「だって、おとうが言ったんだもん。明日からママのこと、おかあって呼べって」

――言ってない。そんなこと、私は絶対に言ってない。

「あとね、これ」そう言って、明日香と翼は私の髪を、クシャクシャとかき混ぜた。

言葉が出ない。明日香が言った。

「プレゼントだって！　おとうからの！」

——もうダメだ。

私は必死で締めていた涙腺を一気に解放させ、明日香と翼を二人一緒に思い切り抱きしめた。

「おかあ、泣いてるの？」

「どうしたの？　頭グシャグシャ痛かった？」

驚いて聞いてくる二人に私は言った。

「嬉しいの。嬉しくて泣いてるの」

すると二人は、またククククッと笑い、声をそろえて同時に言った。

「おとうと、同じこと言ってる！」


耕ちゃん、ありがとう。ごめんなさい、たくさんフォローさせちゃって。

でも見てて。来年のクリスマスはきっと、完璧にやり遂げて見せるから。翼が十歳になるまでは、サンタに一分の疑いも抱かせない。

そしていつか——もしも、明日香と翼が親になったら。サンタ・マニュアルを見せてあげる。

「死守せよ！」って言いながら、厳かにあのノートを渡すからね。

さよなら、先生

すっかり広くなった部屋を見回し、加藤啓介《けいすけ》は段ボール箱のふたをガムテープでしっかり留めた。長く住んだ古い家には驚くほどたくさんのものが詰まっていて、丸三日かけてやっと捨てるものと持っていくものの分別を終えた。

驚いたことに、ほとんどが捨てるものだった。瀬戸内海の小さな島へ持っていく荷物は、結局身の回りのものだけで十分だった。思い出があって取っておいたもの、どうしても欲しくて手に入れたもの、長い間かかって集めたもの、そのどれもが今となればもう、少々わずらわしい。せっかく置いていたものをどんどん捨ててしまうのは心が痛んだが、そのときは大切に思っていたという事実だけで、長いあいだこの家のかたすみに存在していた価値はあったのだろう。現にこうして、もういらないと思えるものをどんどん捨てながら、啓介には本当に大切なものが、やっと今、見えてきたような気がしていた。

「毎年同じように適当にやっていればなんとかなる」「そのうち時間が過ぎていつの間にか解

決する」そんなふうに思って生きていた自分のくだらない歳月のように、啓介は積み上げられた不用品の山を見つめた。あと数ヶ月で啓介は、定年を迎えるはずだった。

もうすぐチャイムが鳴る。下校時刻だ。これ以上生徒を引きとめておくことはできない。部活はもう引退していても受験や就職を控え、塾に補習にと、高校三年生は忙しいのだ。

「なんでもいいからテキトーに、絵とか習字とか、そのへんに並べとけばいいんじゃねの?」

高梨瞬《たかなししゅん》はそう言うと、だるそうにまた席に座った。来月に迫った文化祭のクラスの出しものの話し合いは、全く盛り上がらないまま時間が過ぎ、おのおの帰り支度を終えた生徒がこちらを見据え、早く終わらないかという顔で待ち構えている。

「あのう……僕ら美術部の作品とか、書道部の方でも作品があると思うけれど、それは部の方で展示に出すんだけど……」

助け舟を出すように、沢井良太《りょうた》が立ち上がって話し始めた。

「僕らのうち、なにか作品を描きたいと思う有志で、パネル制作をしたらどうかと思います。その……今までの学校での思い出とかを連ねたような……」

せっかく発言してくれたのに、大きなチャイムの音と重なってしまい、教室の中は椅子や机を動かす音でいっぱいになった。困った顔で良太が座ったところで、啓介は立ち上がった。

「それじゃあ、良太が言ってくれた意見も含めて、みんな明日までにもうちょっと考えてきてくれるかな……」

啓介の言葉を背中で聞いて、生徒たちはあっという間にいなくなった。今どきのさめた生徒たちにとって文化祭など、わずらわしいものでしかないのだろう。長い教師生活の最後に受け持ったクラスが、こんなふうにまとまらないままで終わりそうなのは少々残念な気もする。しかし、進学校でもなければ、特に問題のある底辺校でもないこの平和な中間校で無事に定年を迎えられるなら、それはそれで仕方ないと啓介は思っていた。

家に帰ると珍しく、葉子がリビングのソファでうとうとと眠っていた。もうすぐ六十歳になる啓介と、五つ年下の葉子が結婚当初からふたりで暮らしてきたこの家も、もうずいぶんガタがきている。

家庭科の教師だった葉子とは、昔赴任した高校で知り合った。瀬戸内海の小さな島の出身の葉子は明るい性格で、結婚してからもお互いそれぞれの赴任先の学校のことを家で話し合い、啓介も葉子も教師という仕事にやりがいを感じていた。

しかし数年が経ち、葉子がようやく授かった子供を流産してしまった。医者の、「もし次に妊娠したときは必ず安静にするように」という言葉で、葉子は教職を辞めたが、それからはもう子供には恵まれなかった。

　葉子もしばらくすると元気を取り戻したし、啓介も葉子を責めるようなことは全くなかった。子供に恵まれなくても、それならそれでいいじゃないかとお互いに話し合った。

　けれど葉子はもう、教職には戻らず、四十代に入って、家でフラワーアレンジメントや茶道の教室を始めた。教室は好評で、たくさんの生徒が出入りし、静かだった家の中はにぎやかになった。

　けれど今、こうして葉子が眠っている古い家は、しんと静まり返っている。いつも元気に啓介を迎えてくれる葉子も、やはり少しずつ年老いているのだと啓介は感じていた。時間はゆっくりと、確実に過ぎていったのだ。

　薄く開いた窓から入ってくる九月の風は、夕方になってほんの少しひんやりしてきたようで、啓介はそっと葉子を揺り起こした。

「おい、帰ったぞ」

　啓介の声に葉子が慌てて飛び起きた。

「ごめんなさいね、なんだかちょっと、眠ってしまって……」

　照れたように笑って急いで夕食の支度をしながら葉子が言った。啓介はテレビでナイター中継を見ながら寝転んでビールを飲んでいる。リビングのテーブルの上にある病院の薬の袋が目に付いた。

「なんだ、どっか具合悪いのか?」

「ああ、それ、ちょっと、だるかったもんだから」

葉子が来て急いで薬の袋をしまった。

「夏の疲れか? まあ毎日家にいても、今年は暑かったからなあ……」

啓介が言うと、葉子が冷蔵庫をパタンと閉めて、おずおずとした口調で言った。

「あなた、あの、前に言ってた、島へ帰って住む話だけど……」

ナイター中継のアナウンサーがいきなり大声を張り上げた。啓介も思わずガバッと起き上がる。

「くっそー、また打たれた! クライマックスシリーズ、厳しいな、こりゃ」

啓介が振り向くと、葉子はもう向こうを向いてきゅうりを刻んでいた。なにか言っていたようだったがまあいいかと、啓介はまた寝転んだ。


翌日も結局昨日と変わり映えのしない話し合いのあと、クラスでは良太のほか、有志が何人か手を上げてくれてパネル制作をすることになった。美術部の良太が指揮をとり、学校でのいろいろな思い出や、世の中で起こった印象に残るできごと、時代を反映した「ときの人」など、さまざまなものを描くと言う。

良太は有志が集まって作ったという計画書を啓介に見せた。そこには具体的に描きたいものの説明と小さな絵のデッサンが添えてあり、メンバーたちは詳しく啓介に説明してくれた。どのパネルにも、描き手の思いや、そこに込められたメッセージが感じられた。それから良太がメンバーと顔を見合わせてから、おずおずという感じで啓介に言った。

「先生、あの、先生は今年で最後なんでしょう？　僕ら先生の最後の生徒なんで、先生の今まで思い出に残っていることとか、先生のこともパネルに描きたいと思うので、言ってほしいんです」

啓介は驚いた。正直言って啓介は今までずっと、特に人気のある教師ではなかった。社会科という科目も少々退屈なイメージがあっただろうし、運動神経もよくない、見かけもパッとしない教師だった。授業中面白おかしく脱線した話ができるわけでもなく、毎年同じような授業を同じようにひととおりやり、それを一年、また一年と繰り返してきたような思いは自分でも持っている。今年で定年だということは担任になってすぐに生徒たちに言ったかもしれないが、生徒がそれを覚えていて、気にかけて考えてくれるのはうれしかった。そしてふと、早くこのことを家に帰って葉子に知らせたい気がした。ここしばらく、学校でのできごとや生徒の様子など、葉子に話して聞かせたいと思ったことなど、全くなかった気がした。

ひさしぶりに話す学校でのできごとを、葉子はうなずきながらうれしそうに聞いた。話しながら啓介は、ずっと昔、結婚当初、よくこんなふうにふたりでそれぞれの学校の様子を話し合ったことを思い出していた。あれから何年が過ぎたのだろう。

しかし話しながら家の中を見回してみると、啓介はなぜか言い知れない違和感を感じた。家の中の様子が、そういえばこのところ、やけにひっそりとしているような気がした。今日も案外早く帰宅しているのに、さっきまでフラワーアレンジメントの生徒がいたような気配もなく、他人の出入りしている様子が感じられない。今までならあちこちにアレンジメントの道具や、残った花などが置いてあって、片付いていないことに啓介がイライラすることもあったほどだったが、このところそんな気配は一切なかった。しかしその一方で最近、取り込んだ洗濯物がたたまれずに置いたままになっていたりして、几帳面な葉子には珍しいことだと思うこともあった。

葉子は今日も元気そうにしてはいるが、話の合間にふっと興味のない顔をしたり、最後には疲れた様子でテーブルを立ち、ソファに横になってしまった。

「どうした?　やっぱりどこか、具合でも悪いのか?」

啓介が聞くと、驚いたことに葉子は珍しく暗い声で、今まであんなに楽しく教えていた教室も、このところほとんどやっていないのだと言った。やりがいや楽しさが感じられないのだと言う。

そんなことは全く知らなかったし、気づかなかった。啓介はなぜか内心、今までなかったほど慌てていた。なにか大変なことが起こっている気がした。なんだかあせっているこの気持ちを葉子に気づかれたくなくて、啓介は「そうか」とだけ言って、そっと葉子の飲んでいる薬の袋を探した。薬の名前をパソコンで検索してみると、それはまぎれもなく、軽いうつ病の薬だった。

考えてみればここ何年も、啓介は葉子とゆっくり話をしたこともなかった。毎日向かい合って食事をしていても、特に葉子を気にかけることもなく、長い年月を経て、妻が毎日なにを考え、どんな時間を送っているのか、考えもしなかったし、尋ねもしなかった。言ってみればもう、安心してしまっていたということもあるだろう。自分自身あとは定年まで、無難に仕事をこなすだけだと思うと、特に毎日のことを昔のように家で話すということもなくなっていた。生徒にどんなふうに接するか、どんなふうに気持ちを伝えるか、どんな面白い授業をするか、昔はそんなことばかり話していた気がするが、今となってはもう、問題を起こさず教師生活を終えられればいいという気持ちに、知らず知らずなっていたのだろう。

啓介は以前葉子が言っていたことを思い出した。定年になったらのんびりとふたりで葉子の生まれ故郷の島へ行って暮らそうかという話だった。葉子の実家のすぐそばにある小さな小学校で、なにか子供たちのためになることをできるかもしれないと、葉子は目を輝かせて言ったのだ。しかしそれも、まだ決めなくてもいいと、時の流れに任せて忘れかけていた。

「なあ、島へ帰りたいと、このごろ思ってるのか？」

聞くと葉子は閉じていた目を開けて、ちょっとためらうような顔をして、そのあと不安げにコクリとうなずいた。

文化祭はもうあと一週間に近づいていた。パネルを描くメンバーは、放課後ずっと教室に残って制作している。すると描いている彼らのもとに、ひとり、またひとりと手伝う者が混ざり始めた。塾や補習のある曜日などによって参加するメンバーは入れ替わるが、見ていると少しでも参加したいという生徒が案外いることに啓介は正直驚いた。

自分では意見は出さないけれど、本当は参加したい。なにか形を残したいと生徒は思っているのだ。時間を見つけて集まり、真剣にまじめに、ひとつのことに取り組む。クラス全体で力を合わせ、なにかを作り上げる。そんな気持ちはここ何年か、もう忘れてしまっていた気がした。そういう気持ちをいつから、面倒だと思うようになってしまったのだろう。

しかし相変わらず全く興味を示さない生徒もいた。高梨瞬だった。大多数の生徒が居残ったり声をかけ合ったりしている中、瞬はさっさと背中を向け、制作に見向きもせず帰ってしまう。

「あいつ、ほんっとにいつも勝手だよなあ」

「自分のことしか考えてないんだから」

瞬に声をかけても無視されたほかの生徒が、口々にささやき始めたころ、瞬は学校に出てこなくなった。啓介が電話をしても気のない返事をするだけで、一週間以上も欠席が続いている。進路のかかったこの大事な時期に気がかりだったが、目の前の文化祭や授業の時間割の調整で、慌ただしく時間が過ぎてしまっていた。


週末になって啓介は葉子に黙って、葉子のかかっている心療内科の医者の話を聞いた。医者はまだ三十代後半といったところの女性だった。医者は葉子の容態はそれほど深刻なものではないが、やはりうつの傾向があり、なにをするにも体がだるく、気力がわかないという症状を説明した。中高年になり体力も気力も低下してくると、やはり一番大切なのは身近な家族との心の繋がりであると強調し、啓介に向き直って微笑んで言った。

「しっかりとまじめに、真剣に、奥さんの話を聞いてあげてくださいね」

啓介は「どうもすみません」と頭を下げた。それから医者は啓介をじっと見てたずねた。

「優しくて几帳面で、頑張り屋さんの奥さんはきっと、長いあいだいろんな苦しみをひとりで抱え込んでいたんじゃないでしょうか……たぶん……もうずっと前から……」

外へ出てからも「ずっと前から」という医者の言葉が耳から離れなかった。ずっと前から葉子がひとりで抱え込んでいる苦しみ。啓介は時折見せる葉子のさびしげな顔を思い出していた。ずっと昔に子供を産めなかったことを、葉子はもしかしたらずっと悔いていたのかもしれない。流産したのは、自分の仕事が忙しすぎたせいかもしれないこと、それからも子供ができなかったことで、葉子は本当はまた教職に戻りたかったのに、言い出せなかったのかもしれない。

それからは家で教室をして、忙しく楽しく暮らしているとは思っていたが、自分も学校での話を以前のようにはしなくなっていった。お互いに現場を持っていなければ、今までのように話はできないと、知らず知らず啓介は考えてしまっていたのかもしれない。葉子はそれをさびしく思っていたのだろうか。

葉子はそんな、教員時代とは違った、孤独な張り合いのない単調な時間を、啓介の気づかない間ずっと過ごしていたのかもしれない。そんな暮らしの中で自分の生まれ育った島や、楽しい思い出のある島の小学校や、そこで遊ぶ元気な島の子供たちを、恋しく思い始めたのではないだろうか……。

病院へ行くほどつらい気持ちになっていた葉子に、そばにいても気づかなかった自分に啓介は愕然としていた。「島に帰りたいのか」と聞いたとき、コクリとうなずいた葉子の、頼りなげな顔を思い出した。あてもなく街を歩きながら、店のショーウィンドウに映った自分の姿に、啓介は立ち止まった。年季の入ったコートを羽織り、少し猫背で立つ姿は、ずいぶんくたびれているように見える。葉子の気持ちになにも気づかず、長いあいだ過ごしてきてしまった自分は、生徒ひとりひとりにとっても、気持ちに響いてこない、値打ちのない存在だったように思えた。

そんな自分にも、クラスの仲間にも、今背を向けている瞬のことが、急に心をよぎった。ひとりでいる瞬と、話をしたいと思った。

家の入り口には、「高梨豆腐店」と書かれた看板が出ていたが、もう商売をしている気配はなかった。大きなプラスチックの桶《おけ》や、年季の入った四角い食品ケースがガラスサッシの引き戸の中に見えた。そっと引き戸を開けると微かに大豆の匂いがしたが、店の中にはやはり人の気配はなかった。

「ごめんください」

店の奥に啓介は声をかけてみた。灯りの見える奥の部屋の戸が少しだけ動いて、瞬がのぞいたのが見えた。

「あ」

瞬は一瞬困った顔をしたが、すぐにあきらめたような顔つきで店に出てきた。

「なんだ、元気そうじゃないか」

啓介が聞くと、瞬は照れ臭そうにうなずいた。

「お母さんは？」

と聞くと、

「パート」

とだけ答えた。水道の蛇口からポタリポタリと水が漏れる店先で、啓介と瞬はクッションの破れた丸い椅子に座って話した。

父親は一年ほど前に豆腐屋を廃業して長距離トラックに乗っているのだと瞬は言った。コツコツとまじめに心を込めて丁寧に作り続けてきた豆腐は、スーパーに並ぶ安い豆腐に押され、どうしても採算が取れなくなった。豆腐作りしかできない父親は慣れないトラックの運転で神経をすり減らし、今も奥の部屋で寝ているという。寝ているあいだは静かにせねばならないらしく、話すのも店先になったのだった。ひととおり家のことを話したあと、瞬が言った。

「まじめにさ、豆腐ばっかり一生懸命作ってさ、いつも豆腐の話ばっかして、でもさ、ダメになるんだぜ。まじめにコツコツやるなんて、今流行らないだろ。みんな調子こいてテキトーにやってる方がいい気がしてさ。楽だし、責任ないし。だから学校で、真剣にみんなで一緒に、みたいなこと、見てると嫌な気がしてさ」

「そうか……」

なんと言っていいかわからず、啓介は店の中を見回した。顔を上げて瞬が言った。

「でもさ、ほんとは違うよ。だって、まじめに、真剣に豆腐作ってた親父は、やっぱり良かったから」

瞬の言葉に胸が熱くなった。一生懸命生きてきた父親を、瞬は誇りに思っていたはずだ。幼いころからずっと、そんな父親を、家族を、瞬は見てきたのだろう。

それから啓介は、定年を控えた自分の人生をまた、思った。熱くもならずただ教師であった自分には、結局なにが残るのだろう。いつも一緒にいた葉子のさびしい気持ちにさえ気づかなかった自分は、いったいなにをしていたのだろう。「毎年同じように適当にやっていればなんとかなる」「そのうち時間が過ぎていつの間にか解決する」そんなふうに積み重ねてきただけの一年一年だったような気がした。

「だけどお前、お母さんはこの前の面談でも、進学させますって言っておられたぞ。それに就職ったってお前、進路の先生と相談して……」

啓介が言うと、瞬はちょっと笑って言った。

「それは大丈夫。親父の古い知り合いのおじさんが、食品会社で求人してるからって。そこ、俺も知ってるんだけど豆腐もたくさん作ってるんだ。オートメーションの機械だけどさ、親父の作る豆腐も、いつかきっとそこで一緒に売るようにできるかもしれないからさ」

「そうか……」

啓介は瞬の固い決心に、もうなにも言えなかった。

「それでもまだ進学しろ、大丈夫だなんて親は言うけど、無理してるんだ。一緒に住んでたらわかるよ、子供じゃないんだからさ、まだ弟も妹もいるんだし……」

「お前……ちゃんと家族を思ってえらいなあ。たいしたもんだ」

啓介の言葉に、瞬が言った。

「今、家族を助けられるのは、俺だけだからな」

「瞬、お前ならきっと大丈夫だ。ほんとに、大丈夫だよ」

啓介はもうそれ以上言葉がなかった。いい年をしてなにもわかっていなかった自分が情けなかった。

「一緒に住んでたらわかるよ」

瞬の言葉が胸に刺さる。大切な家族の気持ちなら、わかるはずだと瞬は言ったのだ。

「家族を助けられるのは俺だけだから……」

島へ帰りたいと思っている葉子の気持ちを思った。長いあいだそばにいてくれた妻が喜ぶなら、一刻も早くそうしてやろうという気持ちが、啓介の中に湧き上がってきた。葉子を助けられるのは自分だけなのだ。自分の存在の意義はそこにならあるのではないだろうか。

「とにかくちゃんと卒業しろよ」

啓介はそう言って瞬の家をあとにした。

「わかってる。先生も一緒に卒業なんだろ」

瞬が笑った。

文化祭のパネル展示は好評だった。あれから瞬も学校へ来て、最後にはだれよりもがんばって地道な色塗りを、それこそ周りが声も掛けられないほど真剣にやった。

「みんな、いい文化祭になったな。ほんとによくがんばったよ。ありがとう」

最終日の終礼で、啓介はまず、生徒たちに礼を言って頭を下げた。それから生徒たちひとりひとりの顔を見回し、ゆっくりと話し始めた。取り留めのない話になって、生徒にわからないと言われそうで心配だったが、最後はちゃんと自分の言葉でまじめに、真剣に、思ったことを全部、気持ちを込めて話したいと思った。

たくさんの生徒を前に、自分は長年、なにを話してきただろう。せめて今日だけは、連絡事項でもなく、だいたいの説明でもなく、生徒たちより長く生きてきた人間として、自分自身の思いを伝えたいと思った。こんな気持ちで生徒に話し始めたことは、今まで一度もなかった気がした。けれど本当は、一番しなければいけないことだったのだろう。

「先生には、長年連れ添った奥さんがいます。先生の家族は、その奥さんただひとりです」

生徒たちが、みんなしんと黙ってこちらを見た。なにを話し始めたのだろうという顔が、けれど真剣なまなざしが、そろってこちらを見ている。まじめに、真剣に伝えようとすれば、きっとその気持ちは伝わるのだ。こんな宝物のようなまなざしでこちらを見てくれる生徒たちと、自分は別れなければならないのかという思いが、啓介の胸にあふれ出した。

「先生の奥さんは今、心の中がとてもさびしくて、つらくて病気になりかけています。それは先生の思いやりや優しい気持ちが足りなかったせいです。毎日毎日、家族である自分が優しくなっていることに、先生は気づかず、大切な家族なのに、奥さんの気持ちを考えもせず、それから自分の気持ちも伝えることもせず、時を過ごしてしまいました。それで、奥さんは今、故郷の、瀬戸内海の島へ帰りたいと思っていることを、先生は最近になってやっと、知りました。気づくのが遅かった分よけいに、できるだけ早く、先生はその望みを、叶えてあげなければと思っています」

真剣に話す啓介を、生徒全員がひとりも目をそらさず、同じくらい真剣に聞いている。

「今までずっと一緒にいたのに、先生はそれに気づかなかったんだ。家族を助けられるのは、自分だけなのにな……」

　大切な人の前で真剣であること、まじめに目を見て話すこと、伝えようとしている人の気持ちを誠実にまじめに受け止めること。それは愛情だと啓介は思った。人と人との大切な絆は、まじめで真剣な気持ちが向き合ったときにしか生まれない。

「長い人生で出会う大切な人と向き合うとき、必ず真剣に、まじめにその人の言葉を聞いてください。これだと思った道を行くとき、どうか真剣に取り組んでください。なんとなく楽に過ぎ去ってしまうんじゃなくて、大切な人にも、生きていく道にも、人生全部に、まじめに真剣に、向き合ってください。心から伝えようとする気持ちは、きっと向き合った人を幸せにするし、こつこつと真剣に取り組んだことは、すぐには報われなくても、きっとその人の心の中から、ずっと人生を、強く支え続けてくれます」

　啓介は瞬を見た。自分の言葉で語りたいことが今やっと見つかるなんて、情けない話だと啓介は思った。教室の後ろには文化祭のパネルが何枚も飾られていて、その中の一枚は啓介の顔のアップの似顔絵だった。啓介はクラスの生徒全員に深々と頭を下げた。

「卒業式まで一緒にいられずに、やめていくのは申し訳ない。本当はあと少し、みんなと一緒に先生もこの学校を卒業して別れたかった。けれど先生は、大切な家族のために、これから心を入れかえて、まじめに、真剣に、生きていきたいと思います」

教室の中はしんとして、だれもなにも言わなかった。頭を下げたまま、啓介は思った。結局なにも伝わらなかったのかもしれない。

そっと顔を上げると、啓介を見つめたまま、生徒の何人かが涙を拭いている。だれからともなく拍手が起こり、それが少しずつ大きくなっていく。啓介は深く息を吸い込んだ。生徒を見回すだけで、もう言葉がなかった。

「先生、がんばれ！　さよなら、先生」

勢いよく立ち上がり、まっすぐ啓介を見つめて瞬が言った。

幾重にも拍手の渦が、啓介を取り巻いた。それはこれからの人生をお互いにたたえ合う、力強いエールのように、遠く離れても幸せを願う、やさしい祈りのように、啓介の心に鳴り響いた。

リンダブックス
99のなみだ・結《ゆい》　涙がこころを癒す短篇小説集
2014年1月1日　初版第1刷発行

・編著　リンダブックス編集部

・企画・編集　株式会社リンダパブリッシャーズ
東京都港区港南2-16-8 〒108-0075
ホームページ http://lindapublishers.com/

・発行者　新保勝則
・発行所　株式会社泰文堂
東京都港区港南2-16-8 〒108-0075
電話 03-6712-0333

・印刷・製本　株式会社廣済堂
・用紙　日本紙通商株式会社

「99のなみだ」は、株式会社バンダイナムコゲームスより2008年に
発売されたニンテンドーDS用ゲームソフトです。

定価はカバーに表示してあります。
万一、落丁・乱丁などの不良品がありましたら小社（リンダパブリッシャーズ）
までお送りください。送料小社負担にてお取り替えいたします。

ISBN978-4-8030-0500-4　C0193